나를 죽이지 않을 것이다

친족 성폭력 살아남기
기억 복원의 기록

나를 죽이지 않을 것이다

언지, 해작 그림
언지 지음

갈 곳 없다고 느껴질 때마다 불쑥 찾아가도
따뜻하고 안전하게 머무를 수 있도록
곁을 내어 주신 모든 여성에게 감사를 전합니다.

저도 누군가에게 그럴 수 있는 사람이 되고 싶어요.

"단단하고 담담한 네가 그게 이 과정을 거쳐서 다져진 너의
모습이라는 게, 이걸 읽기 전부터 벌써부터 눈물이 나려고 해."
- OK

"이 책을 처음 봤을 때 들었던 생각은,
'나는 너처럼 용감한 사람을 본 적이 없다'라는 거였어."
- 다연

"어릴 때의 언지씨를 본다면 저는
손을 잡고 어디로든 도망치고 싶었을 거예요."
- 심리 상담사 선생님

"당신의 인생을 영원히 바꿔 버릴 단 한 권의 책."
- HY

"스스로를 구하는 것에서 그치지 않고 다른 여성들도
지키려는 작가님의 마음에 깊은 감동을 느꼈어요.
여러분도 이 감동 함께 느껴 보셨으면 좋겠습니다."
- 여성운동역사만화가, 덕분 (@femistorytoon)

"이제는 당신이 들을 차례다. 판단하지 말고 평가하지 말고. 그저 들어라. 우리는 사건의 원인이 아니라 결과다. 더 많은 당사자에게 말의 자리가 주어져야 한다. 이제부터는 당신들이 우리의 언어를 배울 차례. 이 책은 그 선언이 될 것이다."
- 반친족성폭력운동 당사자 활동가, 지안
(@voice_of_survivor, @seamzie.da)

"드러내는 건 큰 용기이며 또 하나의 문을 여는 거예요. 수많은 사람의 문이 열렸습니다. 그 공간에서 어떠한 이야기든 펼쳐주세요."
- 차별에 저항하는 교회 준비 모임 〈숨, 틈〉 (@soom_teum) 활동가, 희진

"피해 경험을 입 밖으로 꺼내기 전에는 홀로 고군분투(孤軍奮鬪)하던 그대, 이제는 많은 생존자들과 연대자들이 곁에 있으니 다군분투(多軍奮鬪)다!"
- 반성폭력 활동가, 민지

일러두기

이름은 모두 가명입니다.

이 원고 작업을 하던 중간에 연 나이가 만 나이로 통합되었습니다. 하지만 초등학교 1학년 때를 8살이 아니라 6살 때라고 적는 건 저에게는 개인적으로 아직 어색하고 낯설게 느껴집니다. 제 기억 속에서 그 당시 저는 스스로를 8살이라고 알고 있기 때문입니다. 과거의 제 시점에서의 인식과 생각, 경험을 최대한 있던 그대로 떠올리기 위해 모든 나이는 연 나이로 표기했습니다.

단어에 구시대적으로 담겨 있는 부정적인 맥락과 편견을 채택하지 않기 위해서, 그리고 어머니들 간에 위계를 부여하지 않고 동등하게 해석하기 위해서, "새어머니" 등의 표현을 사용하지 않았습니다. 대신, 출석부 식으로 두 분 모두 "어머니" 뒤에 무작위 알파벳을 붙인 "어머니 H", "어머니 J"로 구분했습니다.

이 책에서 성폭행 가해자는 두 명이 등장하며 "—", "학원 남자 강사"로 구분하여 표기했습니다. 아무런 무게도 인격도 주지 않기 위해, 그들의 이름을 삭제했습니다.

이 책은 때로 분노와 슬픔을 유발할 수 있습니다. 그리고 저는 당신이 건강하고 안전하기를 바랍니다. (심리 상담사 선생님께서는 제가 독자를 걱정하는 것이 과도한 책임감이 아닌지 우려를 표하셨습니다.) 읽다가 속이 울렁거리거나 눈물이 나거나 손, 발, 귀 등이 차가워지거나 심장이 크고 빠르게 뛰거나 머리가 아픈 등의 스트레스 반응이 나타난다면 책을 덮고 쉬겠다고 약속해 주세요. 다른 활동을 하고 스스로를 돌보고 충분히 회복한 후 다시 읽고 싶어진다면, 그때 다시 책을 펼쳐 주세요. 아래의 네 가지를 확인해 주세요.

1. 오늘 잠을 푹 잤나요?
2. 신선한 물과 공기를 마셨나요?
3. 건강하고 맛있는 식사를 했나요?
4. 몸을 충분히 움직였나요?

만약 필요하다면 전문가, 혹은 믿을 수 있는 안전하다고 느껴지는 사람에게 도움을 꼭 청하고 받아 주세요.

차례

"넌 이게 왜 듣고 싶은 거야?"

"널 사랑하니까. 그리고 나도 여성이니까."

첫 스케치

나의 사촌들에게, 사실은 다들 보고싶어.

(그리고 조카들에게, 태어난 걸 축하한다는 말이 늦어져서 미안해. 너희가 건강하고 안전하게 자랄 수 있기를, 그러기 위해 세상을 더 나은 곳으로 만들어 둘게.)

내가 되고싶은 모습의 내가 되기까지는 생각보다 더 많은 시간이 필요했다.

다들 언제 그렇게 자라 어른이 되어 버린 거야. 명절에 다같이 어린이 식탁에서 밥을 먹고, 어른들이 거실에서 수다를 떨거나 화투를 치는 동안 방에 들어가 만화를 보거나 시험 공부를 하거나 게임을 하던 게 엊그제같은데. 정신을 차려 보니 또 나만 빼고 저만치 멀찍이 다른 세상 사람들이 되어 있는 것 같아. 전하동이었나, 기억 나? 그 때 내가 네 살 정도였을까. 나 빼고 언니 오빠들 모두 오락실에 가면서 대문 앞에서 나한테 아니라고, 병원에 주사 맞으러 가는 거라고 한사코 손짓 발짓 다 하며 나보고 집에 있으라고 설득했던 거. 사실은 병원 가는 게 아니라 놀러 가는 거고 내가 너무 어려서 나를 두고 가는 게 더 재미있는 거라는 것쯤은 그 때도 알았어. 병원에 주사 맞으러 가는데 그렇게 신나서 키득거리는 표정을 감추지 못하는 어린이가 세상에 어디 있어. 첫째 사촌 언니가 나보다 12살이 더 많고 막내 사촌 언니가 나보다 5살이 더 많으니까 적어도 그때 언니오빠들은 16살에서 9살이었겠구나. 맞아. 네 살 짜리를 달고 오락실에 가고 싶어하는 어린이고 또 세상에 어디 있겠어. 그렇지? 그 때부터 나는 늘 언니 오빠들을 뱁새 다리 찢어져라 따라 가고 싶어했고 하지만 대부분 실패한 것 같아. 봐 지금도, 내가 이제 스물 다섯 살이 되니까 언니 오빠들은 또 저만치 앞에 가 있잖아.

아기 보러 가기로 했는데. 언니 임신 했을 때도 보러 가고 싶었는데. 엄마 혹은 아빠가 된 기분은 어때? 아니면, 30대를 살고 있는 기분은? 나는 스무 살부터 지금까지 매년 '이제는 진짜 어른이 된 것 같잖아.'라고 생각했어. (주위에 친하게 지내는 30대 언니에게 저 말을 하니까 "그래? 난 아직도 내가 한참 어린 애 같은데." 혹은, "난 내가 어른 되려면 한참 멀은 것 같은데."라고 말하더라.) 서울에서 친구를 사귀고 보면 자주 나보다 나이가 많았어. 동갑내기 친구들도 많지만, 세상에 우연이나 유사성은 수없이 많다지만 그래도. 내가 여기에 의미부여를 하는 이유는 그런 거야. 나는

(좋은 어른이란 뭘까? 나는 왜 점점 태어나고 자라는 아기들의 얼굴을 똑바로 마주 볼 수가 없었을까?)

나의 아버지가 언니 오빠들에게는 좋은 막내 삼촌이었다고 들었어. 명절에 "삼촌~!" 하며 아버지를 반기던 밝은 목소리가 선명해. 우리의 할머니가 나이가 많이 들었고 늘 나를 그

리워 한다는 얘기를 들었어. 걱정한다는 얘기도. 그랬을 때 나는 혼자 미쳐 버린 불쌍한 사람이 되고 가장 곱게 자랐으면서 키워 준 은혜도 모르는 사람이 되고 철도 싸가지도 뭣도 없는 사람이 되고 말아. 내가 이걸 설명 해 낼 수 없으면... 점점 더 그런 사람이 될 거고 고립될거란 말이야. 늘 도망치고 싶었고 떠나고 싶었어. 지금 나는 김해에 잠시 돌아와 있는데, 그건 도망 친 곳에 낙원이 없었기 때문이 아니라, 더 잘 떠나기 위해서야. 장담하건대 도망친 곳에 낙원은 있었고 있어. 잘 떠나려면 한편으로는 돌아올 곳이 있어야 하고, 그리고 이 설명을 영원히 끝내기 위해서 다시 안 해도 되기 위해서 이 글을 쓰고 있어. 이걸 한 명 한 명에게 다 말하고 다니는 건 상상만 해도 피곤하고 지쳐. 단순히 숫자만 생각해도 당장에 언니 오빠들은 여섯 명이나 되고 전 세계에 흩어져 있잖아. 더 중요한 건 내가 이걸 말로 하게 되면 아직은 내가 그러고 싶지 않아도 울게 되기 때문에 하고 싶은 말을 다 하지도 못 한다는 거야. 또 울고 나면 온 몸이 얼마나 아프고 정신이 회복되기까지 시간도 자원도 얼마나 많이 필요한지! 나도 (삶을) 살아야지. 다행히도, 글쓰기는 내가 울지 않고 할 수 있고 한 번만 쓰고 나면 몇 명이고 이걸 읽을

21

수 있게 될 거야.

김해에 이사 온 지 딱 일주일이 됐어. 어릴 때 살았던 아파트
와 빌라, 다니던 초등학교와 그 사이 길을 걸어 다니면 기분
이 이상하고 묘해. 오늘 봤는데 초등학교 체육복도 그대로더
라. 희고 파랗고 빨간 체육복을 입고 뛰어가는 어린이를 보
고 기억 났어. 3월이고 입학을 축하하는 현수막이 걸려 있어.
그 때를 떠올리며 작업하기에 지금만큼 좋은 조건은 다시 없
을 것 같아. 지금보다 더 어릴 때는 고향이나 가족을 너무 그
리워하다가, 정작 왔을 때는 정신이 나가 버리거나 미친 듯
이 화가 나거나 억울해지거나 슬퍼졌었어. 소중한 걸 잃어버
리거나 빼앗겼다는 감각이 너무 싫어서 내가 먼저 모든 걸
다 버리기도 했고, 가끔 기회가 주어졌을 때 내가 모든 걸 한
번에 완벽하게 설명하고 싶어하다가 실패하면 내 무능함에
또 좌절하고. 무슨 말인지 알겠어? 지금보다 더 이후에는 그
만 이 주제에서 벗어나서 다른 삶을 살고 싶어. 세계는 넓고
나를 행복하게 하는 것들이 정말 많은데.

내가 쓰려고 하는 것이 회고록인가?

회고록을 쓰기엔 좀 젊… 어린 나이 아닌가?
앨리슨 벡델이 펀 홈을 40대 중반에 냈던데.

현재와 과거를 (모두) 통합시킬 수 있을까? 내 자아의 분열
을

다른 생각을 하고 싶다. 내가 기본적으로 이걸 쓰는 이유는
좀 다른 생각을 하고 싶기 때문이다.

나는 가끔 내 생각 속에만 갇혀 있는데, 어떤 주제들은 몇 년
이 지나도 십 년이 지나도 풀리지도 사라지지도 않고 반복해
서 떠오른다. 그러다가…

함께 있는 사람에게 집중하지 않고 자기 생각 속에만 빠져
사는 사람을 우리 사회는 "이기적"이라고 불렀던가? 아니면
"자기중심적"?, "독단적"? 이건 아닌가?

그러니까 난 이걸 마지막으로 딱 한 번만 제대로 하고 그만두고 싶다. 그래서 나도 다른 사람들, 다른 생각, 바깥 세계에서 일어나는 일들에 정말로 진심으로 더 집중할 수 있는 사람이 되고 싶다.

세계와 다시 연결되고 싶다.

또, 난 이걸 가능하면 "잘"하고 싶다. "잘"하고 싶어 하는 이 마음은 내가 나의 어떤 이야기를 하려는 시도를 자꾸 늦추긴 했지만,

이야기를 제대로 전달하지 못했을 때, 설득하기나 이해받기나 내가 원하는 대로 받아들여지기를 실패했을 때, 나는 얼마나 끔찍하게 좌절되었던지!

그 좌절은 다시 겪고 싶지 않은 종류의 정도이기 때문에 "나"는 이걸 최대한 "잘"하려고 할 수밖에 없는 거다. 안 그런다면 (혹은, 실패한다면) 최악의 경우 나는 내 머릿속에 다시 재수감될지도 모른다. 어쩌면 처음부터 끝까지 이야기를 다시 또다시 더 낫게 만들기 위해 얼마나 반복해야 할지도 모른다. 그러고 싶지 않다. 나는 이 감옥을 영영 탈출해서 다시는 돌아오지 않아도 되는 상태 즉, 탈옥수가 아니라 출소자나 졸업생이 되고 싶다. 혹은 이 감옥 자체를 무너뜨리고 싶다.

수단, 방법, 형식을 생각해 보았다. 이미지가 기억을 떠올리

는 데에도, 표현하는 데에도 도움이 될 수 있을 것이다. 애초에 인류 최초의 문자는 글자보다 그림에 더 가까웠다. (어쩌면 언어를 글과 그림으로 구분하는 것이 의미가 없을지도 모른다.) 어쨌거나 구분해서 말하자면 그 둘은 상호보완적이고 함께했을 때 더 풍부해지고 강력해지고 멀리 간다. 하지만 나는 그림 그리는 법을 배운 적은 있어도, 그림을 많이 만들어 내는 행위를 썩 좋아하지는 않는다. 조금 과장을 곁들이자면, 가끔은 내 몸이 그것을 견디지 못한다.

내 그림을 좋아 해 주는 감사한 사람들이 있다. 어떤 사람들은 나에게 그림을 더 그리는 게 어떻겠냐고 묻는다. 아쉽게도 나는 그러고 싶지 않다. 정확하게는 내 손과 몸이 그것을 견디지 못한다. 이 책에도 가끔 내가 내 손과 몸의 허락을 받고 자발적으로 그리고 싶을 때만 가끔 그린 그림이 들어갈 순 있지만, 그리고 나를 응원해 주는 소중한 예술가 친구들이 곁에 있지만, 나는 내 손이 그림을 그리기 싫다고 할 때는 그림을 절대로 더 이상 그릴 수가 없게 된다. 싫다고 소리 지르는 손과 몸에게 더 이상 강요해서는 안 된다. (그들은 얼마간 참을 수 있는 것처럼 보여도 분명하게 복수하며, 더 오랫동안 구시렁거린다.)

그래서 이건 완전한 글 책도, 그림책도, 그래픽 노블도 되지 못하는 채, 계속 뻗어 나갈 수밖에 없는 것이다. 형식적인 측면에서 물러서지 않고 제멋대로인 손과 타협한 나는 만족을 해야 한다. 나는 소리 지르는 손을 학대하며 베스트 셀러 예술가가 되고 싶은 것이 아니라, 이걸 그만하고 싶어서 할 수밖에 없는 이야기를 하는, 어쩌면 역설적이거나 과정적인 작업을 하려 한다. 나는 이걸 그만하기 위한 이야기를 하는 것이다.

잘하고 싶은 이유는 또 있다. 나는 나의 사촌들을 되찾고 싶
다.

(글이 날린다. 중심이 모호하고 반복되고 흩어진다.)

2

아기 낳는 꿈을 꿨다. 나는 늘 꿈속에서 아기를 낳고 혹은 입
양하고 사랑에 빠지고 잃어버리거나 다 죽는다. 해몽과 상관
없이 꿈속에서 사랑하던 아이를 잃으면 펑펑 울고 깨고 나서
도 기분이 좋지 않다. '또 이 꿈이네.' 생각한다. 며칠 전 꿈에
서는 내가 잠에서 깰 때까지 아기가 처음으로 죽지 않았다.
꿈속에서 친구들에게, 가족들에게 다 알렸다.

"자신의 일은 스스로 하자"라는 노래가 반복, 강조되는 TV 광고가 기억난다. 나는 뭐든 최대한 스스로 하는 어린이가 되기로 결심했다. 아무도 말리지 않았고 모두가 칭찬했다.

내가 어떻게 할 수 없는 걸 원인으로 지목하면 내가 할 수 있는 게 없었다. 나는 내가 할 수 있는 걸 찾아야 했다. 변화를 만들 방법을 내다보고 미래를 계산 해 본 후에, 될 것 같으면 스스로 해결하려고 했다.

모든 양육자가 아이에게 필요한 모든 교육을 해 주는 것은 불가능하다. 그래서 공교육이 있는 것이다. 수학, 과학 같은 건 양육자가 가르치지 않아도 혹은 가르치지 못해도 괜찮은데 왜, 성교육을 우리는 학교에서 제대로 가르치라고 요구하지 않고, 한 명 한 명의 양육자에게 그 책임과 의무를 떠넘긴 채, 평소에는 신경도 쓰지 않다가, 문제가 생기면 죽일 듯이 달려드는가?

내가 공교육 속에서 성교육을 "제대로" 받지 못하도록 막은 이들은 누구인가? 그리고 그들이 원하는 바는 무엇인가?

그래서 어떻게?

어떻게 해서 어떤 건설적인 또는 사회적인 변화가 일어나는
가?

아득함,

"양육자에게 사랑을 못 받아서" 따위의 말은 아무 의미가 없다. 문제에 대한 원인을 찾으려면, 문제를 해결하고 싶다면 원인도 해결 가능한 것이어야 한다. 그래서 사랑을 얼마큼 받으면 충분하고 문제를 예방할 수 있단 말인가? 저런 문장을 마주친 양육자의 입장에서는 사랑을 얼마큼 어떻게 줘야 하는지도 알 수가 없다.

그래서 이미 문제는 발생했고 유년 시절도 다 지난 모두 어른인데, 어떻게 할까? 타임머신을 다시 과거로 돌아가서 지금보다 젊은 양육자 앞에 나타나, "사랑 500그램만 주시겠어요? 안 그러면 저는 이후에 심각한 문제를 겪게 됩니다." 할까? (협박 아닌가?) 그래도 받지 못한다면?

혹은 누가 봐도 충분히 사랑받고 자랐는데도 범죄자가 되는 사람들은? 혹은 누가 봐도 부족하게 사랑받고 자랐는데도 사회에 적응적인 선한 어른이 되는 사람들은? 나는 사랑이 지금 이 사회의 많은 문제를 해결, 예방할 수 있다고 믿지 않는다. 나와 ──는 같은 환경에서 같은 양육자에게 같은 사랑을 받고 자랐다.

이 책을 읽은 사람이 보일 반응을 나는 크게 두 가지로 상상한다.

첫 번째는 (그러지 않았으면 좋겠지만) 당신이 '그럴 수도 있지. 세상에는 그런 일들이 일어난다. 근데 그게 이렇게까지 할 일이야?'라고 생각하고 (심지어는 말하고 다니며) 당신의 신념 체계를 그대로 굳건히 유지하는 것이다. 당신이 숨어있는 가해자거나, 가해자의 인질이거나, 가해자와 개인적인 친분이 있거나, 과거의 사고방식의 틀에서 벗어나고 싶지 않아한다면, 불행히도, 그럴 확률이 높다.

두 번째는 당신이 정말로 변화하는 것이다. 기존의 사고방식에 균열이 나는 걸 허용하고, 그 균열이 어디로 이어지는가를 지켜보며, 더 나은 신념을 가지고, 더 나은 세상을 더 안전하고 올바른 세상을 만들기 위해 정말로 변화하기 시작하는 것이다. 그 과정에서 당신은 고통스러울 수도 있지만, 괜찮을 것이다. 왜냐면 나도 괜찮으니까.

40

수첩

"날 좀 논리적으로 설득시켜 봐."

사실은 되게 간단한 일일지도 몰라.
써 보면 사실 되게 짧은 글로 끝날 수 있을 수도 있어.
사실은 되게 간단한 일일지도 몰라.

0323

글을 써야 한다. 뭐든 간에 말이다. 정말 뭐든… 목요일이다.
일주일 중 반이 갔다.

0329

"어떤 일이 있었는지" 에 대한 묘사는 ~했다. … 때문이다.
(묘사는 회색 페이지에 혹은 글씨를 뒤집거나 가독성을 확
떨어뜨려서?)

하지만 가끔, "그게 뭐 대수라고, 그래서 무슨 일이 있었던
건데? 그냥 장난 아니야?" 꼬치꼬치 캐 묻거나 의심을 거두
지 않는 사람들이 있다. 너무나 쉽게 캐 물어도 된다고, 그리
고 그게 마땅하다고 생각하는 사람들이 있다.

(할머니와 대화하는 상상의 시나리오)

아이들이 성에 대해 대화 할 수 있게 해 줘.

대화를 하고 나면 가라앉았던 기억들이 흙탕물 퍼 올린 것처럼 떠오른다. 일을 하다가, 걷다가, 밝은 노래를 듣다가, 울컥 울컥.

받친다.

한참 더 회복해야 한다. 더 강해지고싶다.

나에게 가장 끔찍한 건 사실, 그 피해와 가해 사실 뿐만이 아니다. 내가 이 주제에 관해 시대의 무능함을, 어른들의 무능함을 너무 일찌감치 눈치 채 버린 아이였던 것. 만약에 그 때 정말로 들켰더라면? 그래도 해결되지 않고 재발이 반복되었다면? 그들이 알면서도 나를 지키지 않(또는 못)했더라면?

그랬다면 나는 예정보다 더 일찍 (외면하던 사실을 마주해서) 미쳐 버렸을 지도 모른다. 어쩌면 삶을 박탈당하고 경찰서와 법원을 들락거리거나 어떤 의심과 질책과 손가락질을 받고 기대하고 실망하고 내 모든 사람들로부터 고립되고 상처받고 가족과 친구와 희망을 잃어버리는 일이, 스무 살이 아니라 열 몇 살에 일어났을 수도 충분히 있는 것이었다.

어떻게 말 하는지, 어떤 언어로 어떻게 해석하고 어떻게 말해야 하는지, 아무도 방법을 가르쳐 주지 않았던, 지금도 나의 사람들이 도와줘도 어려운 그 말하기를, 나는 더 어린 나이에 혼자 해 내야 했을까?

너네가 나를 지켜 줬어야지. 사랑한다며. 지켜 주겠다고 했잖아. 어떻게 나한테 이런 걸 혼자 다 해 내라고 말할 수가 있어.

대화 조각

23년 3월 12일

"미친 거 아니야?? 그 새끼는 거길 왜 간대? 흉악 범죄자나 성범죄자 신상 공개 붙여 놓듯이 이 새끼가 이런 새낍니다 하고 현수막에 대문짝만하게 뽑아서 동네에 걸어야 해!"

다연이 지난밤에 친한 사람들이 많이 나와서 서로 죽이고 싸우고 성폭행하는 악몽을 꿨다고 말했다. 나는 며칠 전에 내가 울면서 한 이야기 때문인 것 같아서 미안해졌다.

"그 일이 내 잘못이 아닌 건 알지만, 네가 악몽을 꾼 게 내 이야기의 영향인 것 같아서 미안해."
"영향이 전혀 없진 않았겠지만, 그건 사실 애초에 우리가 사는 세상에서 실제로 일어나는 일들인 거니까. 너무 신경 쓰지 마."

그렇게 말해줘서 고마웠다. 다연의 회복을 도와야겠다는 생각도 들었다.

3

23년 3월 26일

할머니의 손톱을 깎아 드리는 꿈을 꿨다.

4

23년 3월 28일

죽음이 다가온다. 나는 할머니를, 할머니 집을, 할머니의 죽음을 회피하고 있고 갑자기 돈이 들어왔다. 할머니가 자식들에게 통장에 모아 둔 돈을 나눠 주고 계신단다. 아끼고 아껴서 자식들에게 손 안 벌리고, 버림받을까 봐 미리 물려주지는 않던 할머니의 돈이다. 액수가 꽤 크다. 누가 대학에 갈 때 받던 만큼의 숫자다. 할머니는 늘 "네가 좋은 사람 만나 결혼하는 걸 보고 가야 하는데..."라며 앓았다. 그러면 나는 "난 결혼 안 할 건데 그러면 할머니는 평생 살겠네." 하고 웃었고, 할머니는 "무서운 소리 하지 마라. 귀신같이 오래 살아 뭣 하냐."며 성을 냈다. 나는 지금 대학에 가는 것도 결혼을 하는 것도 아니다. 돈은 중요하지 않다. 할머니의 죽음이 다가오고 있다. 아버지는 할머니에게 인사를 드리라고 말한다.

할머니는 이제 외출을 잘 할 수 없을 만큼 나이가 들었다. 온 식구의 긴장과 슬픔이 동시에 느껴진다. 슬픔은 할머니로부터 유전적으로 물려받은 것, 긴장은 그녀가 약 20년 전 암 수술을 할 때부터 모두가 공유해 왔던 것이다.

상상한다.
(내 편은 어디에 있지? 나는 내 편이 필요해.)
할머니가 가까운 시일 내에 돌아가신다고 해도 몇 년 더 사신다고 해도

인사.

를 하려면 그 공간에 가야 한다.

내 집에서 걸어서 10분만 가면 있는 그곳, 내가 8살일 때부터 10년 동안 강간당하기 시작했던.

(누구에게 도와 달라고 할 수 있는가?)

나는 이 죽음을,

나는 26살이고 할머니는 내 어머니이다. (나에게는 어머니가 두세 명 정도 더 있는데,) 할머니의 죽음에 대한 생각은 내 일상을 무작위로 뒤흔든다. 남들은 벌써 대학 졸업하고 일하느라 바쁘거나, 이삼십 대를 통째로 사회적 입지를 다지는 데 썼다던데, 나의 그 어머니는 90살이고, 나는 그의 죽음에 온 신경이 곤두서고, 그와 대화하는 상상을 한다. 이뤄지지 않을 희망을 버리지 못한다. 어떻게 해야 할지 모르겠다.

할머니는 내가 할머니를 미워한다고 생각할 것이다. 할머니는 그의 손자의 이야기를 할 것이다. 그는 나를 10년 동안 강간했다. 할머니는 그것을 모른다. 알면 뭐가 달라질까? 아니면 어릴 때 물총 싸움을 하다가 펑펑 울었던 날처럼 할머니는 그래도 하나뿐인 ―를 미워하면 안 된다고 다정하게 주문 같은 말을 외울까?

나는 아직 이 문제를 풀지 못하겠다. 어떻게 미치지 않는지 모르겠다. 어떻게 해야 아파지지 않는지도 모르겠다. 매듭이 풀리고 있는가? 매듭이...

매듭이 하나둘

여기까지 왔는가?

그래도...

그래도 말할 수 있는가? 말...

하는

하지 않는 것이 더 나은가? 누가...

누가

언니는

큰엄마는 다른 사촌

아버지는

다들   다른 믿음과 생각을

의미가

나는

누

편지 보내기

"당신이 가족에게 피해를 입었다면 그 가해자로부터 당신의 자녀를 보호하는 것은 당연하다. 자녀를 안전하게 지키겠다고 결심하는 것은 당신이 책임지고 마땅히 해야 할 일이다. 다른 사항들, 가령 가족의 유대를 유지한다거나 아이에게 확대가족을 보여주거나 가족의 심정을 아프게 하지 않는다거나 평지풍파를 일으키고 싶지 않다는 것들은 아이의 안전에 비하면 덜 중요하다. 많은 생존자들이 가해자가 단지 자신에게만 관심이 있었으므로 자신의 자녀는 건드리지 않을 것이라고 확신하다가 봉변을 당한다." (Bass & Davis, 2012, p. 594)

"당신의 자녀가 성폭력 피해를 입었다고 말하면 그대로 믿어라. 당신의 파트너, 당신의 가해자, 다른 가족, 아이를 돌보는 사람이 가해를 하고 있다는 의심이 든다면 지체하지 말고 행동하라. 자신만이 피해를 입었다고 생각했다가 몇 년 후 자신의 자녀, 손주, 심지어 증손주까지 희생자였다는 사실을 알게 되는 경우가 허다하다." (Bass & Davis, 2012, p. 595)

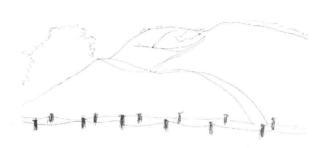

지혜

지혜 언니에게

나 좀 도와줄래?

다짜고짜 도와 달라니, 평소에 연락도 방문도 없다가 갑자기 돈 빌려 달라고 와서는 돈 받으면 다시 잠적 해 버리는 그런 드라마 속 가족 구성원 캐릭터가 된 것 같아. 앞 문장에서 "돈"을 "마음"쯤으로 바꾸면 얼추 맞는 이야기일까? 늘 빚쟁이처럼 나는 마음을 빌려 준 적도 없는데 받으러 다닐 마음이 있는 사람처럼.

하고싶은 이야기가 있어.

그러고보니 아기 낳은 거 축하한다는 말도 못 했네. 축하해.

언젠가부터 아기가 태어나면 어떻게 해야 하는지 모르겠더라. 숙제를 끝내기 전까지 아기들의 얼굴을 똑바로 볼 수 없었어. 그래. 나는 숙제가 있어. 결국에 스스로 해야 할 숙제지만 오늘은 좀 어렵게 느껴 져. 아니. 늘 어려웠지만 예전에는 도와달라고 하는 게 혼자 하는 것보다 더 어려웠다면, 오늘은 혼자 하는 게 도와달라고 하는 것보다 어려운 것에 더 가깝겠다. 언니는 선생님이잖아. 잠시만.

아, 안부 묻는 것도 잊었네. 잘 지내? 언니의 안부만 묻는 게 더 올바른 걸까, 아니면 언니의 가족 모두의 안부를 묻는 게 맞는 걸까? (나는 한번씩 누가 내 가족 안부를 물으면 거짓말을 하게 되거나 어떻게 대답해야 할 지 모르겠더라.)

내가 언니에게 뭘 줄 수 있는지는 모르겠어. 어떤 가치를 줄 수 있는건지, 언니는 나를 도와주면 뭘 얻는 건지, 그래서 나는 내가 빚쟁이처럼 느껴지기도 하고 침입자처럼 느껴지기도 해. 내가 없으면 모두가 평화로워 보여. 그 평화와 화목은 꼭 영원히 이어질 수도 있을 것만 같아. 나의 이야기는 달갑지 않은 것만 같아.

만나서 이야기하는 게 더 나을까? 뭐부터 어떻게 말해야 할지, 또 길을 잃었네. 몇 년 전에 다혜 언니 앞에서 새어 나왔던 문장은 "왜냐면 내 오빠가 나를 8살 때부터 10년 동안 강간 했기 때문이야." 였고 우리는 많이 울었어. 다혜 언니는 또 많이 화도 나 했었고. 눈물이 난다면 어쩔 수 없겠지만, 내가 말을 하는 이유나 내가 원하는 건 사실 눈물이나 연민이나 분노 그 자체는 아니야. 그것들이 따라온다면 또 어쩔 수 없게 되겠지만, 나는 제정신이고 싶고 내 편이 필요해.

제정신이 되는 건 아직도 어떻게 하는 건지 모르겠어. 엄밀히 말해서 이걸 언니에게 도와 달라고 하진 않을 거야. 이건 좀 더 나 혼자 해야 하는 숙제고 그래도 어릴 때보다는 점점 나아지고 있는 것도 같아. 정신과 약 처방도 받았었고 전문 심리 상담도 꽤 오래 받고 있어. (그래도 혹시 제정신이 되는 좋은 방법을 알고 있다면 알려 줄래?)

내 편이 되어 달라고 강요하지도 않을 거야. 판단과 선택은 각자의 몫이니까. 하지만 나는 내 편을 원하고, 사람들에게 내 편이 되어 줄 건지를 물어 보기 전에는 아무도 내 편 없이 혼자라고 느껴 져. 그러니까 내 편이 되어 주지 못한다고 해도 괜찮아. 그대로인 거니까. 하지만 물어보기 전에는 알 수 없는 거기도 하고 우리 가족은 대가족이니까, 한 명 이상은, 내 이야기를 듣고 나서 내 편이 되어 주기로 결정하는 사람이, 적어도 한 명 이상은 있지 않을까?

할머니의 죽음이 다가오고 있어. 숙제 할 시간이 얼마 남지 않았을지도 몰라. 내 바로 뒤에서 초시계가 나를 벌겋게 쳐다보고 티각거리는 소리가 들려.

내가 원하는 게 이게 맞나? 사실 내가 뭘 원하는지 아직도 정확하게 구체적으로 알기가 어려워. 어릴 때는 아주 적은 말밖에 할 수가 없었는데도 상대방이 모든 걸 알아 주고 이해해 주고 나도 모르는 내가 원하는 어떤 것들을 주기를 바랐었는데. 더 어릴 때는 원하기 자체를 할 수 없었고. 여러 번 좌절하고 실망하고 지금에 왔는데 아직도 나는 "모르겠어"라는 말을 입에 달고 살아. 한참 더 가야 하겠지.

그래서 내 편이 되어 달라고 하는 건 그래서 어떻게 해 달라는 걸까? 언니, 가끔 세상은 알 수 없는 것 투성이일 때가 있지 않아? 그럴 때 내 편인 사람들과 대화하다보면 실마리가 잡히거나 돌파구가 찾아지거나 어떤 예상치 못한 소중한 통찰을 얻을 때가 있지 않아? 혼자 하기 어려운 여러 일들을 사람들은 함께 해 내곤 하지 않아? 어릴 때 나는 내가 세상에서 제일 잘났고 그래서 혼자 모든 걸 해결 할 수 있고 그게 가장 빠르고 효율적이라고 생각했었는데. 미로 속에서 달리다가 완전히 막다른 길을 너무 많이 마주쳤어. 나는 언니의 무엇을 도와 줄 수 있을까?

보고싶어. 언니도 아기들도. 언젠가 토요일이나 일요일에 한번 보러 가도 될까? 선물은 언니 선물을 사 가는 게 맞는 걸까 아니면 아기들 선물을 사 가는 게 나은 걸까? 나는 요즘 김해에 살고 있어.

23년 3월 28일

너는 이 편지를 보낼 수 있을까? (언제?)

편지를 보냈다.

(전화가 왔다. 대화 후 기억이 나는 대로 복기했다.)

지혜: 네가 도와달라고 하길래 처음에는 경제적인 문제인 줄 알았어. 그랬으면 차라리 쉬웠을 거야. 내가 가능한 만큼까지는 도와 줄 수 있고, 어디까지는 어렵다고 할 수가 있으니까. 그런데 이건… 어떻게 도와줘야 할지… 나 지금 심장이 너무 떨려. 심장이 하나하나 다 쪼그라드는 것 같아.

나: 맞아… 그렇지. 함께 해 줘서 고마워. 같이 얘기하자.

지혜: 글자가 안 읽어지고 계속 이걸 어떻게 해석해야 할지… 그래서 다혜한테 먼저 전화해서 "너는 왜 나한테 말 안 했냐," 욕 한 바가지 하고. 그래서 너한테 전화할 수 있냐고 물어 볼 수 있었다. 안 그랬으면 너무 원색적인 말들을 하게 됐을지도 몰라. 네가 나에게 글로 보냈길래, 글로 얘기하는 걸 더 선호하나보다 하고 나도 글로 쓰다가…

나: 괜찮아. 전화로 해도 돼. 나는 그걸 말로 했으면 하다가 울었을 거야. 그래서 글로 쓴 거고, 각자 그 방법은 다 다른 거니까. 지금은 말할 수 있어.

지혜: 그래. 나는 쓰다가 울겠더라고.

나: 다혜 언니도 어려웠을 거야. 이런 얘기는 말하는 거 자체가 어렵기도 하고, 내 이야기니까 내가 말하기 전까지는 언니가 남에게 말하면 안 된다고 생각했을 수도 있고. 그래도 언니가 다혜 언니랑도 같이 얘기할 수 있어서 다행이다.

지혜: 나는 네가 좀 별나다고만 생각했지, 이럴 줄은… 아니, 다혜랑 예전에 얘기를 잠깐 했던 적이 있는데 그때 다혜는 그냥 "많이 괴롭힘을 당했다, 많이 맞았다더라." 이 정도로만 얘기하고 넘겼거든. 너무 열이 나. 이런 느낌 정말 오랜만이다. 근 10년 중에 가장… 지금 심장에 원자 폭탄을 맞은 것 같아.

나: 나는 언니의 회복도 돕고 싶어. 내가 말 한 걸 책임지고

66

싶기도 하고.

지혜: 책임이란 말은 잘 납득이 안 되지만. 아무튼 알겠다.

나: 몇 년 전에 다혜 언니한테 얘기했을 때는… 그때는 다혜 언니한테 원자 폭탄을 떨어뜨리기만 하고 나도 어떻게 해야 할 지 모르겠었어서… 시간 지나고 나니까 좀… 미안하더라고. 미안하다는 말이 이상한데, 마음에 뭔가가 남더라고. 예전에는 미안하다고 느껴지기도 했다? 어쨌거나 나한테 가까운 사람들에게 말을 하게 되는데, 다들 가장 소중한 사람들이고. 어떤 친구들은 들으면 울기도, 악몽을 꾸기도 했어서… 하지만 친구가 말하더라고 네 잘못 아니니까 네가 미안해하지 말라고, 그 말이 맞기도 해. 그래서 이제 미안해하지는 않으려고 해.

지혜: 응. 네가 잘못 한 게 아니고, 잘못 한 사람은 너무 명백하게 있잖아.

지혜: 이런 질문을 해도 될지 모르겠지만…

나: 괜찮아. 다 물어 봐도 돼.

지혜: 왜 경찰에 신고 안 해?

나: 신고 하면 뭐가 달라지지? 난 그걸로 내가 원하는 건 얻을 수 없다는 걸 이미 알아. 내가 고등학생일 때 또 다른 사람에게 성폭행을 당한 적이 있었다. 그 때는 신고를 했었어. 어떤 센터도 갔었고, 재판도 했었어. 대학에 가서도 계속 전화가 왔어. 증인 출석하러 오라고. 나는 먼 곳에서 공부하고 싶은 게 있었고 시험이 있었는데. 아버지도 판사인지 검사인지도 "정의"를 말했어. "나쁜 놈 벌 안 주고 싶냐"고. 아니. 나는 삶을 살고 싶어, 언니. 이미 잃어버린 시간이 너무 많아.

지혜: 그 시간들을 어떻게 버텼어….

나: …살아남았지 뭐…. 사실, 굉장히 흔한 일일 거야. 나도 이걸 이 정도로 말 할 수 있게 되기까지 이렇게 오래 걸렸고,

이렇게 몇 명에게만 말 했으니까. 말 해 지지 않는, 알려지지 않는… 일들이 정말 많을 거야.

지혜: 나는 네가 원하는 도움을 주고 싶어.

나: 내가 할머니와 할머니에게 다가오는 죽음을 아무리 회피하려고 해도, 오늘처럼 그게 내 바로 앞에 쾅 하고 떨어질 때가 있어.

지혜: 그래. 나도 그거 받았다.

나: 그랬을 때 현실적으로, 장례식이 있을 거야. 모두가 모일 거고. 그랬을 때 내가 혼자라고 느끼지 않고 싶고 안전하다고 느끼고 싶어.

지혜: 지금은 너에게 그게 어떻게 느껴지는 거야?

나: 예를 들어서 명절 같을 때에, 간단히 말해서… 그냥 나를 강간한 가해자가 내 가족들의 사랑을 받고 있는 거야.

지혜: 그런 생각이 들 수 있겠다. 그렇게 느꼈을 수 있었겠다.

지혜: 사과는?

나: 툭 던지듯이 "미안하다"라고 한 적은 있어. 하지만 진심인 것 같진 않았어. 겉으로는 그랬지만 알 수 없지 뭐. 나는 그에게 기대하는 게 아무 것도 없어. 또 나는 그가 겉으로 어떻게 보이면서 속으로 어디까지인지를 밑바닥까지 봤고, 알고 있고.

지혜: 네가 그리는 가장 베스트의 시나리오는 뭐야? 마지막에 어떻게 돼 있으면 좋겠어?

나: 한 명 한 명, 내가 할 수 있는 속도로, 알릴 수 있으면 좋겠고. 사실은 이거에 대해 그만 생각해도 되게 되고 싶어. 그만 울고 싶고.

지혜: 말해 줘서 고마워. 정말로. 모르는 것보다 아는 게, 맞는 것 같아.

나: 나도 들어 줘서, 같이 얘기해 줘서 고마워.

지혜: 만약에 언니가 말하다가 네가 듣기에 '어, 왜 말을 그렇게 하지?' 싶은 부분이 있을 수도 있어. 언니랑 너랑 세대 차이도 나고 언니가 지금은 두 명의 쌍둥이 아기를 키우느라 바깥세상과 단절되어 있어서 그런 거니까, 양해 해 줘. 알겠지?

나: 응. 괜찮아.

지혜: 나는 자기 전에 따뜻한 차를 한 잔 마시고 이 원자폭탄 맞은 심장을 잘 진정시켜 봐야겠다.

나: 할 수 있어. 우리는 강해.

지혜: 맞다. 우리는 강하다.

끔찍한

나는 앞으로 나아가고 싶어.

말하지 못하면, 우리가 이것에 대해 대화할 수 없다면, 내가, 우리가 어떻게 앞으로 나아갈 수 있을까?

세상엔 수많은 끔찍한 일들이 일어나고, 그중에는 아주 흔한 일들도 많고,

평화를 얘기하려면 전쟁을 말하지 않을 수 없고, 학대 같은 걸 빼놓고 아동 인권을 말할 수도 없을 거야.

우리가 어떤 단어, 말들을 사용하지 못할 때, 제대로 말하지 못할 때, 말하기를 끔찍해하고 불편해하고 두려워할 때, 그래서 모든 것이 느려지고 막힐 때, 이득을 보는 건 어느 쪽일

까? 우리가 성폭력에 대해 말하지 못할 때, 이득을 보는 건 누구일까? 어쩌면

"입에 담을 수 없는, 차마 너무 끔찍한" 우리는 이런 말들을 다 갖다 버려야 한다. 그리고 그 뿌옇게 빼앗긴 자리에 원래 있어야 했던 주인인 말들을, 정확한 단어를 자리시켜 줘야 한다.

성폭력, 친족 성폭력, 강간, 미성년자 강간, 성 착취, 성희롱… 이것들을 우리는 숨기지 말고 피하지 않고 사이코패스, 연쇄살인, 자살, 존속살해, 영아살해, 노인학대, 장기 매매, 학살, 식민 지배, 노예제도… 같은 단어들과 똑같이 발음하고 쓰고 생각할 수 있어야 한다.

나는 더 나은 답을 찾고 싶어. 문제를 해결하고 싶어. 나 혼자는 어렵고 힘들고 버거우니까 여럿이서 다 같이 머리를 맞대고 함께 했으면 좋겠어. 도와줘.

제대로 된 예방책이나 해결책, 도움을 주고받을 방법이나 구조 없이 우리는 그저 성폭력에 대해 "끔찍하다"라는 것만을 세뇌받았다.

악몽

4월 6일

악몽을 꿨다. 새벽에 숨을 헐떡이며 깼다.

일하고 있었다. 꿈속에서 일터에 아버지가 할머니와 함께 와서 내 이름을 불렀다. 나는 할머니를 보고 심장이 내려앉았는데, 아무런 예고도 없이, 저렇게, 웃으며, 웃으면 마치 아버지 자신에게는 아무런 문제가 책임이 없다는 듯이. 아무런 문제가 없지 않냐는 듯이 — 아무런 문제가 없어야 한다는 듯이 — 그 공간의 모두가 자신만큼 웃어야 한다고 강요하는 듯이. (아버지는 내가 어릴 때 카메라 앞에서 꼭 나를 붙잡고 옆구리를 간지럽히며 활짝 웃었다.)

나는 멀리서부터 할머니의 얼굴을 보자마자 도망쳐 달렸다.

뒤를 흘끔흘끔 한 번씩 보면서. 꿈속에서도 몸이 굳고 떨리고 심장이 뛰어서 제대로 달리지 못했는데 죽어라 어떻게든 팔다리를 크게 움직이려고 했다. 팔다리가 다 아팠다.

할머니가 쫓아왔다. 처음엔 내가 아는 할머니의 모습으로, 점점 모르는 사람의 얼굴로. "오지 마!" "오지 마! 오지마! 오지 마!!!" 꽤 멀리까지 내달렸고 할머니가 멀어지지 않고 따라왔다. 깨고 나서 꿈이구나 싶은 게, 모르는 사람의 모습이어서였다기보다는, '내가 아무리 겁에 질려 굳어가는 몸으로 달려도 골목에서 90세에 가까운 노인을 따돌릴 순 있었을 텐데,' 라는 지점에서다. 어쨌거나 꿈에서는 "오지마아아아!!!"라고, 아무리 외쳐도 할머니가 말갛게 아무것도 이해하지 못하겠다는 표정으로 쫓아왔다. 결국 내가 더 이상 달리지 못해 주저앉았다. 할머니는 내 앞에 마주 앉았다. 내가 도망치고 오지 말라고 외쳤던 건 전혀 모르는 일이라는 듯이, 순수하게 맑은 얼굴로, 모르는 사람의 얼굴로. 나는 주저앉아서 할머니를 잡고 힘없이 흔들었다. "내가 오지 말라고 했잖아…." 여전히 아무것도 모르겠다는 똑같은 눈빛.

잠에서 깼다. 친구에게 전화를 걸었다.

지혜와 현우 사이

진도, 나아가기, 위해서,

지혜는 나의 사촌 중 가장 나이가 많은, 86년생, 맏이다. 단순히 나이 차 때문에 어릴 때는 멀게 느껴졌지만, 자라면서 나는 그녀가 정치적으로 깨어 있고 또한 나와 비슷한 점이 많다는 걸 점점 더 알게 되었다. 우리는 자주 보진 않았지만, 가끔 만날 때마다 나는 그녀가 기본적으로 나에게 호의를 표현해 준다는 걸 느낄 수 있었다. (나에게 호의적이고, 나의 안녕을 진심으로 바란다는 걸 쉽게 느낄 수 있었다.)

나는 현우의 정확한 나이를 모른다. 지혜가 첫째고, 다혜가 현우를 오빠라고 불렀으니, 그 사이쯤 되려니 짐작한다. 현우는 남자 사촌 중에서는 나이가 가장 많다. ─는 어릴 때부터 현우를 좋아하고 잘 따랐다. 나는 현우를 잘 모른다. 내 기억 속에 현우는 말수가 적었다. 그런 현우가 했던 말 중 각기 다른 두 문장을 길어 올린다.

"실이요."
"좋은 대학 안(못) 가도 괜찮다."

만약 그것이 진심이라면, 나는 그 두 가지 말에 로프를 묶고 매달린 채 절벽을 따라 내려간다.

글을 써야 한다. 보낼 수 있을지 없을지 모를 또 편지를.

피해 말하기

해야 하는 일들과 어려운 의무투성인데, 하다가 막혀도 고민이 생겨도 아무한테나 얘기하기 어렵고, 그래서 아주 작은 도움을 받기도 어렵다. 내가 바라는 건 거창한 게 아니라 그냥 친구들에게 평소처럼 "글을 쓰다가 막혔어. 여기까지 썼는데 그다음은 어떻게 쓰면 좋을까? 한 번 읽어봐 줄래?" 같은 걸 편하게 물을 수 있게 되는 것 정도인데.

나: "다연아, 너는 내가 이 주제와 관련된 고민이나 이야기를 너랑 하면 힘들지 않아? 예를 들어서 같이 글쓰기 하면서 어떤 글을 썼는지 나눌 때라든지. 저번에 내가 지혜 언니한테 쓴 편지도 보내기 전에 이게 말이 되는지, 효과적일지 너에게 한 번만 읽어 봐 달라고 했을 때, 네가 읽고 되게 속상해하고 울었잖아. 너는 내가 너에게 언제든 뭐든 이야기 할 수 있으면 좋겠다고 말해 줬지만, 나는 만약에 누가 나에게

이 주제를 너무 자주 이야기하면 좀 힘들 것 같아. 그건 내가 같은 주제로 아직 회복되지 않은 상처를 가지고 있기 때문일까? 아니면, 이건 누구에게나 힘든 이야기인 걸까? 전에 범죄심리학인가 사이코패스 책인가 거기에서도, 교수님이 범죄 사건들을 연구하면서 사례를 구체적으로 접하면 자신도 다치고 공부하는 학생들도 다친다는 내용이 있었던 것 같아."

다연: "맞아... 그냥 힘든 일인 것 같긴 해. 누구한테든. 하지만 그렇다고 해서 네가 아무에게도 그걸 얘기하지 못하게 되길 바라지도 않아."

나: "솔직하게 말해 줘서 고마워. 뭔가 방법이 있을 거야, 찾아볼게. 한 사람에게 이야기하는 빈도를 낮추고 기간을 더 길게 늘인다던가, 얘기할 수 있을 다른 안전한 곳을 더 찾는다던가."

심리 상담사 선생님께서는 글을 읽은 후의 다연의 상태나 감정에 대해서 함께 대화를 꼭 나누라고 말씀하셨다.

현우

안녕 현우 오빠, 오랜만이지. 잘 지내?

나는 지금 알리기를, 말하기를 하고 있어. 몇 년 전에 다혜
언니에게 말했고, 몇 주 전에 지혜 언니에게 말했고, 그다음
을 오빠에게 할 지 외숙모와 외사촌 여동생에게 할지 고민
하다가, 손이 가는 대로 쓰도록 둬 보니 여기로 왔네. 외사촌
여동생의 이름은 민서야. 내가 열한두 살일 때쯤에 세 살이
던 민서와 처음 만났었으니, 지금은 고등학생쯤 되었겠구나.
불안하고 마음이 조급하지만 나는 이걸 하나씩 할 수밖에 없
어. 동시에, 한시가 급하고. 동시에, 어렵고 고통스러울 걸
알아서 다 미루고 싶고 피하고 싶고 불안해.

내가 열여덟 살이 될 때까지, 혹은 스무 살이 넘어서까지도
모두를 속이는 데 성공했으니까. 나는 '어떻게 정말로 아무

도 몰랐을 수 있지? 사실 몇은 알고도 방관했던 건 아닐까?'
했는데. 다혜 언니도 지혜 언니도 정말로 전혀 몰랐던 사람
의 반응이었어. 몇 년 전에 다혜 언니는 많이 울었고 몇 주
전에 지혜 언니는 심장에 원자폭탄을 맞은 것 같다더라. 근
10년 동안 그런 느낌은 처음, 너무 오랜만이었대. 시간이 없
어. 숙모와 민서에게도 알려야 해. 다들 회복할 수 있을 거
야. 감당할 수 있을 거라고 믿어.

지혜 언니에게 말하게 된 계기는 몇 주 전에 할머니가 재산
을 정리한다며 돈을 받으면서야. 장례식을 상상하지 않을 수
없었는데, 나는 할머니 장례식에서 도망치기 싫고, 거기서
미쳐 버리고 싶지도 않아. 그렇다면 그러기 위해서, 내가 그
때 안전하지 않다고 느끼거나 고립되어 있다고 느끼지 않기
위해서, 더 많은 사촌에게 이걸 알려야겠다고 결심했어. 그
리고 더 많은 어린 아이를 지키기 위해서도. 최근 상담에서
선생님이 그러시더라. "왜냐면 누구에게나 일어날 수 있는
일이니까요…(중략)… 일어날 수 있는 위험에 대해서 모르고
있는 거잖아요. 알면 대비를 할 수 있고…"

83

어릴 때는 그랬다. '왜 나에게 일어날 수 있는 이 흔한 일에 대해 아무도 알려 주지 않고, 오히려 감추고, 아무도 나를 지켜주지 않았을까.' 이제 그 생각에 대한 책임을 지려면 나는 다른 어른이 되어야만 해. 나는 내가 겪은 피해에 대해 사람들에게 알리고, 오랜 피해로 예민해진 불안과 날카로워진 감각은 나보다 더 약하거나 어린 사람들을 지키는 데 써야 해.

"실이요." 나는 그 말을 기억해. 하윤이의 돌잔치였어. 전통적인 큰 돌잔치를 하느라 홀 가득 많은 사람과, 분위기를 띄우던 사회자가 있었지. 그러니까, 모두가 웃고 축하하고 시끌벅적하고 들떠 있었어. 하윤이가 뭘 잡았으면 좋겠냐고 묻던 사회자의 경쾌한 질문에, 새언니가 사랑스럽게 웃으며 돈이라고 말했던 것 같고, 그다음엔 오빠가 "실이요."라고 말했잖아. 그 말은 정말로, 정말로 무거워서 장 내의 모든 공기가 한순간에 멈추고, 모든 사람이 몇 초간 침묵할 수밖에 없게 만들 정도였어. 그 말이 진심이라면.

"실"은 아기가 건강하게 오래 살기를 바라는 마음. 나는 친족에 의한 아동 성폭력 생존자야. 오랫동안 여러 번 자살할 뻔했어. 이건 누구에게나 일어날 수 있는 일이야. 하윤에게도, 하준에게도. 통계적으로 성폭력은 모르는 사람이 아니라 아는 사람에 의해 발생할 확률이 훨씬 더 높아. 그리고 자신의 아이를 성폭행범과 만나게 하고 싶은 사람은 세상에 없겠지. 이 편지를 새언니에게도 보여 줘. 언니는 알 권리가 있어. 그리고 아이들을 가해자와 만나게 하는 게 안전하지 않다고 느끼는 내 직감에 어쩌면 언니가 더 공감할 수 있으실지도 몰라.

가해자가 당신과 가깝게 느껴지는 사이일 때, 당신은 그가 하는 말을 믿고 싶게 되거나 그에게 (그가 받을 만하지 않은 정도의) 관대한 기회를 주고 싶어질 수도 있어. 그러니까 무의식중에 진실을 회피하거나 왜곡하고 싶어질 수도 있고. 내 말을 못 믿겠으면, 물어봐. 전화로든, 내가 직접 가서든, 더 설명할게. (하지만 이게 모든 사람이 성폭력 피해자에게 증명을 요구할 권리가 있다거나 모든 피해자가 아무에게나 피해 사실을 설명할 의무가 있다는 뜻은 아니야. 나는 지금 충분히 회복했고 강해졌기 때문에 몇몇 질문을 받고 대답하는 일을 할 수 있지만, 많은 피해자에게 그건 2차 가해가 될 수 있어. 몇 년 전의 나만 해도 그래, 정말 힘들었어.)

나의 친오빠야. —이 나를 8살부터 18살까지 10년 동안 지속해서 강간했어.

오빠와 새언니가 기본적으로 아이들을 진심으로 아끼고 사랑하고 잘 키우고 있을 거라고 믿어 의심치 않아. 그리고 아이들에게 무엇을 가르칠 것인지에 대해 두 사람의 선택을 전적으로 존중해. 이 말을 덧붙일지 말지 많이 고민했어. '혹시 내가 이래라저래라 무례하게 선을 넘는 걸까?' 싶어서. 하지만 말하지 않는다면, 그래서 하윤이나 하준이나 오빠의 가족이 혹시라도 나와 비슷한 일을 (왜냐하면 성폭력은 이 사회에서 흔한 일이고 잘못 다루어지고 있으니까,) 겪게 된다면. 나는 내가 이 사족이나 오지랖이나 예민한 사서 걱정 같은 걸 덧붙이지 않은 걸 크게 후회하게 될 거야. (그리고 나는 내가 어릴 때 원망했던 어른들과 별 다를 바 없는 똑같은 어른이 될 거고, 진실이나 숙제로부터 평생 도망쳐 다니느라 진이 빠질 거고, 모든 게 반복되겠지.)

아이들에게 일찍부터 성교육을 정확하고 올바르게 시켜 줘. 그리고 성을 터부시하지 말아 줘. 내가 첫 번째 성폭력을 당했을 때는 8살이었고, 할머니와 아버지는 내가 성기를 뭐라고 불러야 하는지, 나에게 무슨 일이 일어났는지를 해석하거나 말할 수 있는 언어를 가르쳐 주지 않았어. 그뿐만 아니라 성에 관한 모든 건 없는 척해야 한다는 규칙도 있었지. 할머니는 내가 어떻게 말해야 할지 표현해야 할지 모르는 슬픔과 분노, 답답함에 "—가 싫다."라며 펑펑 울기만 했을 때에도 "오빠를 미워하면 안 돼."라고 다정하게 속삭이셨어. 나는 집에 있던 미미와 바비 인형들의 옷을 죄다 벗기고 머리카락을 헝클고 관절을 뒤집어 꺾고 때리고 구석에 처박았고, 그게 내가 할 수 있던 가장 구체적인 말이었어. (이게 할머니 잘못이라는 건 아니야. 할머니는 그저 옛날 사람이고, 나름의 최선을 다하셨다는 걸 알아. 그걸 머리로는 알아도 나는 내가 자란 집에 돌아갈 수 없는 사람이 되었어. 그 집에서의 강간의 기억이 평생 선명하게 잊히지 않을 거기 때문이야.)

성폭력에 대해서 새언니와 오빠가, 혹은 이 가족이, 이 공동체가. 물리적 혹은 정서적 폭력만큼이나 성폭력을 용인하지 않는다는 걸 아이들에게 알려 줘. 그리고 그건 피해자의 잘못이 아니라 가해자의 잘못이라는 것과, 어른들이 문제를 발견하면 책임지고 해결하고 아이들을 지켜 줄 거라는 것도. 상황과 단어를, 혹은 감정과 감각과 기억과 표현을, 연결할 수 있게 언어를 사전에 줘. 아이들이 어른들을, 공동체를, 시스템을 믿을 수 있어야 해. 그래야 말도 하고 울기도 하지.

만약에 하윤이와 하준이 사이에 성폭력이 발생한다면, 아이들이 몇 살이든 간에, 가볍게 넘기거나 못 본 척 회피하지 말아 줘. 둘을 확실하게 분리하고, 가해자를 엄하게 교육하고, 피해자를 안전하게 해 줘. 피해자를 질책하거나 혼내지 않을 거라는 걸, 피해자가 동의했다고 넘겨짚지 않을 거라는 걸, 다시는 재발하지 않게 할 거라는 걸 믿게 해 줘. 가해자를 친척 집으로 보내거나 피해자의 방문에 전자 도어락을 달기까지 해서라도 말이야. (과장이 아니라 정말로. —는 새벽에 아날로그 문고리로 잠긴 내 방문을 수십 번은 더 열고 들어왔어.) 뭐가 정답일지는 나도 잘 모르겠어.

"좋은 대학 안(못) 가도 괜찮다." 나는 그 말도 기억해. 몇 년 전에 내가 고등학생이었을 때, 오빠에게 울면서 전화 한 적 있었잖아. 그때 나 사실, 나를 지속해서 성폭행하던 학원 강사에게 여전히 수업받으러 내 발로 걸어가던 길이었어. 아니면 받고 나오던 길이었는지, 깜깜하고 낯선 남의 아파트 단지 안이었어. 많은 사람이 내가 왜 지속해서 성폭력을 당하면서도 그 작은 학원을 그만두지 않았는지 궁금해했어. 글쎄. 아버지가 "명문대 나온 잘 하는 선생님"이라고 말했고, 나는 그때에도 집에서 ─를 마주치면 성폭행을 당했고, 그때의 나에게 집을 나가는 가장 빠르고 합리적인 방법은 "좋은 대학"을 가는 것뿐이었고, 나는 그전에도 다른 학원에 다니다가 안 맞는 것 같다고 이미 한 번 바꿨었고, 애초에 숙모가 "남자 선생님은 좀 그렇지 않나"라고 말했을 때 아버지는 그 말을 전혀 이해하지 못했고, 나는 아버지를 믿을 수 없었고,

그 모든 걸 말이 되게 설명하고 설득할 수도 없었어. '이미 10년에 가까운 성폭력도 참고 숨겨 봤는데, 3년도 못 참을까.' 그렇게도 생각했던 것 같아. "괜찮다." 오빠의 그 말도 진심이었다면. 그 말을 들었던 당시에 나는 고마웠던 한 편, '오빠가 뭘 알아'라고 생각하며 계속 펑펑 울었지만. '뭘 알아'의 이면에는 어떻게 보면 '나를 더 정확하게 알아주길 바라'는 마음도 있는 거겠지.

그랬었어. 구구절절 편지가 기네.

언제 한번 보고 싶어. 이제 숨기는 거 없어서 마음이 편안해.

현우에게 편지를 보냈다. (꼭 뒤에 "시간과 마음에 여유가 있을 때 읽어 줘. 놀라거나 힘들 수도 있어."를 덧붙이게 된다.) 이게 무슨 기분일까, 주사위를 던진 기분? 무언갈 쏘아 올린 기분? 결과가 어떨지 모르겠는 채. 어쨌거나... 하고 싶었던 거고... 잘했다. 아마도... 그럴 거다... 내일 상담도 가니까 얘기해 볼 수 있겠지. 언제 어떤 결과를 마주할지 모르는 상태. 확률에 기대고 상대(와 언어)를 믿고 하는 일. 긴장된다. 기다리는 시간이 초조하다.

어떤 결과가 나와도 무력해지지 말고, 기록하고, 이야기하고, 연결하고, 앞으로 나아가자.

〈 언지야… 왜 말을 안 했니… 언니 오빠들에게라도 말을 하지 그랬어 〉

(우리 언지 얼마나 그동안 힘들었을까…)

(어떤 마음일지 짐작도 안 가는 게 너무 무서워)

〈 언제든지 오고 싶을 때 연락해 〉

〈 우린 가족이잖아… 아니 이 말도 웃긴다. 너무 가족에게 고통받았을 널 생각하면 마음이 많이 아프네. 그동안 보여줬던 예쁜 웃음이 그게 아니었다는 게, 내가 몰라줬다는 게 너무 아프네 〉

〈 좀 더 들여 봐 주지 못해 미안해 〉

생각했다.

'왜겠어. 왜 말을 안, 못 했겠어. 하면 뭐가 달라졌을까. 내가 이걸 말을 해서 어떻게 하고 싶은건지 나도 몰랐는데. 몇 살 때 말하면 뭐가 달라졌겠냐고. 내가 원하는 게 뭔지도 몰랐고 어떻게 말해야 그걸 얻어낼 수 있는지도 몰랐어. 말 하는 게 나에게 언제나 좋은 결과를 가져다 줬던 것도 아니야. 나는 관계가 예전과 완전히 달라질 거라는 걸 각오해야 하고, 내가 기대한 반응이 아닐 때 실망도 감당해야 하고. 어떻게 말해야 할지도 몰랐고. 그걸 알아내려면 많은 공부를 해야 했고. 8살엔 나에게 무슨 일이 일어났는지도 몰랐고. 10살쯤 돼서 초등학교에서 "성폭력, 성교육" 이라는 단어를 처음 알았을 때부터 나는 '왜 미리 말 안 했어' 라는 질문에 대답할 방법을 찾아야 했는데, 그건… 아직도 완전히 다는 모르겠어. 말하는 건 쉬운 일이 아니야. 어렵고 힘들어. "왜 말해", "왜 말 안 했어", 그걸 내가 알아내는 게 얼마나 어렵고 오래 걸리는 일인지 알아? 말 할 수 있게 되는 건 더 그래.'

2019년 한국성폭력상담소 상담통계 현황에 따르면, 친족 성폭력 피해자의 절반 이상이, 피해를 말하기까지 10년 이상의 시간이 걸렸다. (한국성폭력 상담소, 2020)

(전화했다. 현우 오빠는 대체로 울고 아파하고 미안해했다.)

현우: 왜 말 안 했어… 언니 오빠들에게라도 말 하지 그랬어…

나: 말하려면 울어야 하잖아, 그리고 언니 오빠들 우는 것도 봐야 해!

현우: 아니야 나 안 울어…

나: 그리고 언니 오빠들도 어렸잖아. 알아도 뭘 어쩔 수 있었겠어.

(현우 오빠는 내내 울고 있었다. 내 말에 울음을 멈추려고 숨을 간헐적으로 참는 소리가 들려서, 아차 싶었다. 나는 현우 오빠가 안쓰러운 한편, 왜 말을 안 했냐니 그걸 정말로 몰라서 나에게 물어보는지 답답하기도 했다.)

나: 괜찮아. 울어도 돼. 눈물이 나면 울어야지.

현우: 어떻게 참았어…

나: 어떻게 참았냐고 해도… 글쎄. 나는 너무 어릴 때부터 너무 오랫동안 그게 당연했으니까, 오히려 스무 살 넘어서 삶이 점점 좋아지면서, '다들 이런 세상에 살았다고? 이렇게 행복할 수가 있다고?' 하고 놀랐었어 반대로. 왜 말 안 했는지를 생각 해 봐도… 어떻게 말 해야 하는지도 몰랐고. 말을 해서 내가 뭘 원하는지도 몰랐고. 그걸 알아내고 말 할 수 있게 되는 것도 어렵고 시간이 걸리고. 설명 할 수 있게 되는 데까지는 더 더 그렇고.

현우: 설명을 왜 해. 설명하지 않아도 돼.

나: 나는 이해 받고 싶으니까.

현우: 지금 너는 말 하는 게 마음이 더 편안해지는 거지?

나: 응. 장기적으로는 그렇지. 근데 이게 내 마음 편하자고

하는 것만은 아닌 게, 말 하는 거가, 쉽지만은 않아. 어렵고 힘들고. 근데 난 정말, 아이들이 안전했으면 좋겠거든. 그래서 이걸 말 하는 것도 아기들이 있는 집에 먼저 말하고 있어.

현우: 고마워. 잘 했어. 잘 하고 있어.

현우: 다 해. 너 하고싶은 거 일단 그냥 다 해. 할머니가 조금 걱정되긴 하지만, 어른들도 (네가 알리고 싶다면) 알아야 해. 아프든 힘들든 그들이 감당해야 해. 너는 이미 너무 많이 힘들었잖아. 그런 줄도 모르고… 어른들은 다들 네가 엇나가는 줄로만 알고 오해하고 욕하고… 네가 얼마나 아팠을까.

현우: …몰라줘서 너무 미안해.

나: 응. 좀 미안해 해도 될 것 같아.

현우: 언니 오빠들이 더 신경 쓰고 알아 줬어야 했는데.

나: 괜찮아. 난 그렇게 생각하지는 않아. 다들 어렸고, 몰랐

지 뭐. 정말 흔한 일이고, 다들 모르는 일이야. 나도 그래. 나도 다 몰라.

현우: … 많이 컸네… 우리 언지…

나: 많이 컸지.

현우: 정말 많이 컸다…

현우: 지금은 안 힘들어? 괜찮아?

나: 그래도 하루 힘들면 괜찮아져. 26살이고, 나는 이제 강해.

현우: 하루 힘들면 언제든 전화해.

나: 응. 고마워.

현우: 나 백화점에서 서점에서 책 고르다가 울었잖아. 차로

뛰어왔어. 다음에 만날 때는 내가 안 울도록 노력 해 볼게.

나: 괜찮아. 울어도 돼. 눈물이 나면 울어야지.

현우: 그래서 네가 할머니집에 못 왔구나… 나도 할머니집에 가면 이제 예전같지 않을 것 같아… 모르겠다.

나: 만약 가게 되면 어땠는지 알려줘. 궁금하다.

현우: 너는 일단 이 알리기가 끝날 때까지는 내가 다른 사람에게는 티를 안 내길 원하는 거지?

나: 응 일단은. 나도 아직 내가 이 알리기를 통해서 뭘 원하는지 다 모르겠고. 이게 어디로 가는지, 끝에 뭐가 있을지, 뭐가 있길 바라는지, 모르겠어.

현우: 언제든 놀러 와. 아기들이 이모 아직 한 번도 안 봐서, 하지만 낯 안 가리니까 잘 놀 거야. 와이프랑 상의 해 보고, 날짜를 잡아 보자.

나: 고마워. 나도 아기들 보고싶다. 놀러 갈게. 그리고 가능하면 언니에게도 이 일을 꼭 알려 줘. 오빠가 오빠의 말로 전해 줘도 되고, 내가 보낸 편지를 그대로 보여 드려도 돼.

현우: 응. 그렇게 할게.

갈가리 찢어발기는 기분이다.

그들은 물론 감당할 수 있고 회복할 거고, 이게 맞는 거고,
내가 원한 거라곤 해도.

그들의 심장도, 그들이 이어져 있다고 믿어온 관계망도, 그
들이 믿었던 역사도 다.

지역 성폭력 상담소

나의 글쓰기에는 동료가 필요하다. 기본적으로 대부분의 시간을 혼자 써야 하긴 하지만, 글쓰기 주제에 관해 함께 대화하고 내 글을 읽어 봐 줄 수 있는 안전한 동료가 있다면, 덜 외롭게 그리고 더 빠르게 완성할 수 있다. 감사하게도, 나에게는 함께 무엇이든 대화할 수 있고 내 글을 좋아해 주는 친구들이 몇 있다. 하지만 성폭력 경험을 쓴 글을 읽어 봐 달라고 하는 일은 때로, 내가 가장 사랑하는 사람들과 함께하기에, 내가 아직 낯설고 불편하고 꺼려졌다. 나는 집 근처 성폭력 상담소를 찾았다. 다행히 멀지 않은 곳에 있었다. 전화해서 지금의 내 상황과 내가 하려는 것과 받고 싶은 도움을 설명했다. 상담소에서는 나에게 몇 가지 질문을 한 뒤에 대면 상담 예약을 도와주셨다.

5월 3일

오후 1시. 이따 3시에는 나가야 한다. 남은 시간 2시간. 일단 내가 원하는 건 여기서 받을 수 있는 지원에 어떤 선택지가 있는지, 각각의 그것을 위해서 내가 준비해야 하는 말이나 자료가 어떤 게 있는지… 정리가 다 안 돼서… 처음에 제가 원한 건, 가까운 곳부터 알리기를 하고 있고, 그 과정을 기록하고 있고, 최종적으로는 그걸 엮어서 책으로 만들려는데, (왜냐면 어릴 때 저에게 필요한 게 그거였어서) 그 과정에서 상담 겸 자문 같은 걸 받을 수 있는지. 센터에 찾아온 사람들에게 궁극적으로 지향하는, 바라는, 목표 같은 게 있는지? (회복에 더 무게를 두는지 신고와 재판 등에 더 무게를 두는지) 왜냐면 고등학생 때 해바라기 센터를 통해서 했던 신고는 좀 내가 감당하기에 버거웠고, 내가 앞으로 어떤 상황에 놓이게 될지 어떤 도움이 필요한지 얼마나 길어질지 전혀 몰랐고, 주위의 지원 체계도 부족했고, 사회적 지지망 없이는 내가 그걸 해낼 수 없다는 걸 깨달았다. 그래서 지지망을 먼저 구축하고 있는 것이기도 함. 예를 들어서 피해 사실을 증명하거나 묘사해야 하는 게 필요하면, 진술서를 작성해야 하는 거면, 나는 지금 단계에서는 안 하고 싶다.

내가 찾아간 성폭력 상담소는 여성주의를 기반으로 한다고
말했다. 성폭력을 너무 특수한 일로 너무 끔찍한 일로 보기
보다는, (가해자에게 분노할 순 있지만,) 피해자를 너무 연민
하는 것보다, 평범하게 대하는 걸 지향한다고.

"너 참 불쌍하다"가 아니라, "그렇구나. 가해자를 박살 내자."

피해자를 너무 불쌍하게 보고 특별하게 끔찍하게 여기는 것
은 사회적으로 잘못 학습된 것, 오히려 그게 피해자를 어떤
틀에 가둔다고.

원래 가까운 사람에게 더 말하기 힘들다고. 4살짜리 아기도
왜 엄마에게 얘기 안 했니 물으면 "엄마가 속상하잖아요."라
고 대답했다고 한다.

어떤 사람들은 고소해서 이기고 가해자가 형량을 받았을 때
가장 빠른 회복이 일어난다고도 했다. 하지만 내 이야기를
들은 후에 선생님은 '그렇게 회복이 일어날 수도 있겠군요.'
덕분에 다른 시각을 갖게 된 것 같다고 말씀하셨다.

일단은 지금 우선인 것부터 차근차근.

내가 오늘 만났던 선생님과 대화가 잘 통하고 좋았다고 해서, 힘들지 않았던 것은 아니다. 낯선 사람에게 피해를 처음부터 말하는 건 기본적으로 쉽지 않다. 일주일에 한 번, 할 수 있을지 모르겠다.

나: 아무리 내가 방향을 주도하고, 센터는 기본적으로 나를 도와주려는 곳이라는 걸 알고, 선생님이 나를 존중해 주시는 좋은 분이라고 느껴져도, 처음 보는 사람에게 내 피해 사실을 처음부터 다시 말하는 건 어렵고 힘들어.

B: 그렇지. 그리고 내가 말하고 싶은 대로 말이 잘 나오지도 않아. 그것도 짜증 나.

피로… (회복되겠지.) 내일은 우체국 가야 해. 오늘의 기억…
은 당장 붙잡지 않아도 돼. 센터에서 기록 해 줬잖아.

이야기가 두 갈래가 된 것도 싫고, 기억을 길어 올린 것도 싫
고, 애초에 내가 원한 건 글쓰기에 도움을 받는 거였는데, 속
이 상한다. 하지만 그 센터나 선생님이 잘못한 건 아니고, 해
석을 내가 나 혼자 하고 싶었다가, 내가 권위를 준 낯선 사람
에게 기대어 해석이 침범되도록 내가 두었고… 아직 그게 통
합되지 않(았)고, 그곳에 기록을 남겨 둔 것은 일단 잘한 거
긴 하고, 몇몇 기억의, 그 해석들이, 뭐였더라.

다음 편지에 관해서 이야기하기, 버거우면 (혹은 필요하지
않거나 나에게 오히려 방해가 될 것 같다면, 부담스럽다면)
전화해서 다음 주로 미루기.

아득하다. 끊임없이 좌절하고 나는 이걸 끊임없이 소화하고.
신고가 문제가 아니야. 지금 난 까딱하면 가족을 다 잃어버
리게 생겼다고.

글쓰기는 수단이고, 나는 글을 "잘" 쓰고 싶은 것 자체가 목적이 아니라,

미로 같다. 암호 같다.

힘들다. 왜 이렇게 힘들지?

친구와 이야기했다.

"스스로를 다정하게 대해 줘. 우리가 얼마나 자신을 잘 돌봤는지 금요일에 이야기 나누자."

성폭력 상담소 선생님은 지난주에 성폭력 상담 교육을 받으러 다녀왔다고 말씀하셨다. 강연자가 변호사 중에서는 드물게 "피해자에게 신고를 강요하면 안 된다"는 얘기를 한 걸 듣고, 내 생각이 났다고 하셨다.

선생님과 많은 이야기를 나눴고 문장완성검사도 했다. 지난번보다 덜 힘들었다.

선생님이 끝에, 자기는 매일 아침 리셋되는 것 같다고, 그래서 이 일을 계속할 수 있는 것 같다고 말씀하셨다. 그리고 성폭력 피해를 특별히 더 끔찍한 게 아니라, 일반적인, 다른 사람들과 다 똑같은, 어떻게 보면 교통사고 당한 것처럼 바라보기 때문에 그게 내담자에게도 좋은 것 같고 자신에게도 좋은 것 같다고. 그렇게 말씀하시는 모습이 산뜻해 보였다. 나는 어쩌면 기억을 잘하고 생각이 많아서 어쩔 수 없이 더 힘들 수 있겠다고 선생님이 말씀하셨고, 나는 고개를 끄덕이며 그럴 수도 있겠다고 말했다.

현우와 민서 사이

이제 아기가 있는 사촌들에게는 다 알렸다.

...나에게 아직 어린 사촌 여동생이 있다는 게 떠올랐다.

내가 열 살쯤에, 나에게는 귀여운 사촌 여동생이 생겼다. 어머니 H의 남동생의 딸이다. 어머니 H의 나에 대한 학대는 점점 심해지다 내가 열여섯 살쯤 정점을 찍었고, 나는 마침 기숙사가 있는 고등학교에 진학하면서 그와 연을 끊을 수 있게 되었다. 그렇다고 어머니 H의 다른 가족 모두와도 연을 끊을 필요는 없었지만, 바쁘게 살다 보면 자연스럽게 연락도 만남도 사라졌다.

"무소식이 희소식." 소식을 알 수 없는 사람이 막연히 잘 지내고 있을 거라는 믿음이다. 내 경우에 그건 사실이 아니었다.

…뭔가… 자꾸 억울해지고 숙모에게 하소연을 하게 되고 죄송해지고 해명이나 설명을 하게 된다. 애초의 내 목적은 그게 아닌데, 그리고 내 잘못도 아닌데.

두렵다. 긴장된다. (왜지?) 연락처가 없어! 편지를 다 쓰고 나서, 보낼 마음의 준비를 며칠 동안 다 했는데, 숙모의 연락처가 없었다. 삼촌도, 사촌 동생들도 다 있는데, 왜? 숙모만 왜! 집 근처에 매복해 있다가 보이면 다가가서 말 걸까? (뭐라고? 연락처 좀 달라고?) 그러면 안 돼. 너무 놀라실 거야. 사설탐정을 고용해서 알아낼까? 그렇게까지 해야 하나? 그리고 둘 다 불법에 가까운 거 아닌가…? 사촌 동생들에게 물어볼까?

(안녕 민서야/민준아 잘 지내니? 언지 언니/누나야. 너무 오랜만이지. 갑자기 연락해서 미안해. 실은 숙모께 꼭 해야 하는 이야기가 있는데, 연락처가 없어서. 숙모 전화번호나 카톡 아이디를 알려 줄 수 있을까?)

버겁다. 버거워. 버겁고 힘들다. 민서, 민준이 둘 다에게 연락했다. 미치겠다. 긴장된다. 연락처를 받으면 써 뒀던 걸 전하고… 동생들이 뭐라고 답장할지 모르겠네. 연락처를 안 줄 수도 있는 거 아냐…? 이유를 물어볼 수도 있고…. 왜냐고 물어보면 생각나서 감사 인사를 드릴 겸, 그리고, 그런데, 네가 알면 당황스럽거나 혼란스러울 내용도 있어서, 해치려는 게 아니고 사이비나 사기 같은 것도 아니고… 무슨 내용인지는 숙모에게 물어보면… 어떻게 말해야 좋을지 모르겠다. (너희에게 이걸 내가 직접 말해도 괜찮은 건지, 안전한 건지 모르겠어.)

민서는 고3이라 밤늦게까지 내 연락을 확인하지 못했다. 민준이가 금방 답장을 줬는데, 마침 군대에 있다가 코로나에 걸려서 격리가 하루 남은 상황이었다.

민준

〈 어 누나 진짜 너무 오랜만이다! 난 잘 지내. 누나도 잘 지내지? 근데 혹시 어떤 일 때문인지 물어봐도 될까?? 〉

(응 나도 잘 지내. 고마워! 〉

(요즘 종종 어릴 때 생각을 하는데, 숙모가 나를 돌봐 주신 거에 대해 감사 인사도 전할 겸. 음, 내가 어릴 때 겪은 어떤 일을 계속 숨기고 지냈었는데, 그걸 알리는 게 맞는다는 걸 깨닫고 있어. 자세한 내용은 너에게 말하기는 아직 조심스럽네. 네가 속상하거나 혼란스러울 수도 있을 것 같아서… 〉

(편지 한 통만 보내고 싶어. 이메일도 괜찮아. 아니면 숙모께 내 연락처를 드려도 돼. 어떤 일인지는 네가 정말로 궁금하고 마음의 준비가 되어 있다면, 다음에 만나서 이야기해

줄게. 그래도 괜찮을까? 〉

〈 지금 전화해서 들어 볼 수 있을까? 정말로 궁금하고 간만
에 목소리도 들어보고 싶기도 해서! 그리고 엄마한테 알리기
전에 나도 알아야지 마음이 편할 것 같아 누나 ㅜㅜ 〉

〈 누나만 괜찮다면 전화 부탁할게…! 〉

어쩌다 보니 전화로 민준이에게 먼저 말하게 되었다. 민준이는 못 보던 거의 9년 새에 변성기를 지나 목소리가 완전히 달라져 있었다. 나를 반가워했고, 자기도 종종 생각했었다고, 먼저 연락해 줘서 고맙다고 말했다. 우리는 그동안 어떻게 지냈는지, 지금은 어디에서 뭘 하고 있는지를 간단히 나눴다. 민준이는 어쩌다 갑자기 두 집안 사이가 끊어졌는지 궁금해하고 있었다.

민준: 아무도 제대로 이야기해 주는 사람이 없고… 허무하더라고. 그렇게 다 같이 잘 지냈는데.

나: 그렇지. 허무하지. 우리의 의지와 상관없이, 환경이 어느 날 그렇게 됐잖아. 너는 더 어렸고. 원래 숙모에게 이야기하려던 건 이게 아니긴 하지만, 너도 이제 어른이고, 내가 알고 있는 만큼은 너도 알 권리가 있으니까.

나는 내가 알고 이해한 선 안에서 가족이 해체된 과정이나 원인, 어떻게 하면 그 과정이 더 나았을까 등을 이야기했다. 외향적이고 밝고 자신이 받는 사랑을 의심하지 않던 아이는 아픔을 아는 내향적인 어른이 되어 있었다. 다른 사람들의 마음을 걱정하고 신경 쓰는 사람, 사람들이 힘들지 않고 고립되지 않고 행복하길 바라는 사람, 천천히 듣고 "아팠겠다. 많이 힘들었겠다."라고 말할 수 있는 사람. 안쓰럽기도 했지만, 어떻게 보면 그 아이가 남을 괴롭히는 사람이 아니라, 상처를 안고 타인에게 공감하는 사람으로 자랐다는 게 다행이었다.

민준: 괜찮아?

나: 괜찮아. 이야기를 하면 눈물이 나는 걸 나도 어쩔 수가 없어서 그냥, 울면서 계속 이야기 하는 수밖에 없어. 하하.

민준: 누나가 괜찮으면 나도 괜찮아. 천천히 얘기해 줘. 나는 시간 많아.

나: 본론으로 들어가서, 숙모께 하려던 얘기가 뭐냐면…

나는 동생들에게 약하다. 짧게 한숨을 내쉬었다. 그리고 성폭력을 말했다.

민준: 미안해. 내가 알아줬어야 했는데. 어떻게 몰랐을까? 누나 진짜 너무 아프고 힘들었겠다.

나: 그랬지. 많이 힘들었지. 근데 많이들 모를 수밖에 없나 봐. 어른들도 몰랐고.

민준: 나 책임감…

나: 넌 그때 아기였다. 네가 잘못한 게 아니야. 그리고 네가 책임질 일도 아니었어.

나: 어릴 때는 그냥 내가 기숙사 있는 고등학교 가고 스무 살 넘어서 집에 안 가고 연 끊고 살면 다 괜찮아지고 끝일 줄 알았어. 그런데, 근래에 나는 나에게 일어났던 일을 이해하기

위해서 공부도 하고 책도 읽고 있는데, 통계적으로 아동 성폭력 가해자의 대부분이 아이와 아는 사이고, 또 대부분이 친인척이래. 그리고 자기만 피해자인 줄 알았는데 가족 내에서 성폭력 자체가 확산되기도 하고, 할아버지가 딸과 손녀까지 대를 이어서 가해하기도 한다는 거야. 정말 아니길 바라지만, 만약에 민서도 피해자였다고 한다면, 그때는 내가 정말 너무 미안하고 무너질 것 같고, 아득해져서.

민준: 그러네, 그 사람이 민서라고 그러지 않았으리란 법이 없으니까.

나: 그래서 한편으로 의무감 같은 것도 느껴. 내가 이걸 누구에게, 왜, 말하고 싶은지를 생각해보면... 나는 고모부(아버지) 쪽에 터울이 큰 사촌 언니 오빠들이 많은데, 결혼하고 어린 조카들도 태어났어. 그런데 내가 이걸 숨기고 있을 때는 아기들 얼굴을 똑바로 못 보겠는 거야. 아무도 모르는데 누구나 피해자가 될 수 있으니까. 일단 아기를 키우는 언니 오빠들에게 가장 먼저 알렸어.

민준: 잘했어. 그건 진짜 잘한 것 같아… 근데 설마 아니겠지만, 아니길 바라지만, 혹시 민서도 피해를 겪었다면 내가 어떻게 해야 할지… 민서가 지금 입시생이라서, 어떻게 하면 좋을지 모르겠어. 물어봐야 하나?

나: 아니야, 내가 어릴 때를 떠올려 보면, 지금 물어보지는 말고. 나도 정말로 아니길 바라지만, 만약 민서도 피해자라면, 민서가 마음의 준비가 되었을 때 그리고 말하고 싶어질 때 언젠가 너에게 말할 거야. 그때 나에게 했던 것처럼만 대해 주면 되지 않을까…? 모르겠다. 일단은 내가 내일 숙모께 연락해서 이야기할게. 너도 숙모랑도 더 이야기해 봐.

힘들면 언제든 서로 연락하자는 말을 주고받았다. 한 번 꼭 만나서 밥 먹자고도. 나는 너무 내 아픈 얘기만 한 것 같으니까 네 아픈 얘기도 해 달라고 말했다. 민준이는 몇 가지 이야기를 해 주었다. 지금은 괜찮다고도 했다. 다만 다른 사람들의 작은 말이나 표정에 자신이 너무 눈치를 보고 생각하는 피해의식 같은 게 아직 남아 있어서 그건 힘들다고도 말했다.

나: 속상하고 화난다. 그건 너를 괴롭힌 사람들이 잘못한 거고, 다쳤던 곳이 예민해지는 건 어떻게 보면 당연한 거겠지, 나도 그래. 앞으로 점점 나아질 거야.

민준: 고마워. 누나도 앞으로는 좋은 일만 있으면 좋겠다. 다들 행복했으면 좋겠어.

나: 음. 나는 살면서 좋은 일만 있을 수는 없는 것 같아. 다만 우리가 자라고, 더 강해지고, 세계가 넓어지고, 점점 더 많은 걸 알게 될 테니까 분명 삶이 점점 더 좋아질 거야.

민준: 그러게. 맞아. 되게 좋은 말인 것 같아.

민준이 곁에 좋은 사람들도 있는 것 같아서 다행이었다.

민준: 고모 집에 가면 항상 컴퓨터 게임 할 수 있어서 좋았어. 우리 집에서는 못 하게 했거든. 그리고 누나도 나랑 잘 놀아 줬잖아. 누나는 물론 그때를 떠올리기도 싫겠지만….

나: 아니야. 싫은 기억도 있지만, 나는 요즘 내 과거에서 아픈 기억과 좋은 기억을 분리하는 걸 점점 해내고 있기도 하고. 너와 함께한 기억들은 다 즐겁고 좋아. 응. 너도 민서도 숙모도. 내 기억 속에, 함께여서 좋았고 소중하고 감사해.

민준: 그렇다면 다행이다.

민준: 복수하고 싶지는 않아? 내가 찾아가서 어떻게 할까? 정말 화나.

나: 됐어. 마음만 받을게. 지금 당장 내가 원하는 건 그런 게 아니야. 그리고 너 말고도 내 주변에 복수하고 싶다는 사람 엄청 많으니까, 나중에 내가 원하게 되면 부를게. 아마 한 군단이 나올 거야.

민준: 응. 그때 나도 꼭 불러 줘.

나: 나는 네가 나를 너무 큰 일 난 사람이 아니라, 그냥 예전에 봤던 좋은 누나의 모습 그대로 봐주면 좋겠어.

민준: 당연하지. 그렇게 할게. 나는 내가 누나에게 의지가 될 수 있으면 좋겠어.

나: 응. 의지가 돼. 고마워.

먼저 연락이 된 민준이로부터 민서가 고3이라는 얘기를 듣고, 중요하고 예민한 시기일 테니 지금은 내가 영향을 주면 안 되겠다고 판단했다. 나는 민서에게 괜찮다고, 신경 쓰지 말라고 다 해결됐다고 말했다.

숙모께는 내일 연락하고….

숙모

편지를 완성해 뒀었는데. 완성된 편지를 보내는 건 비교적 쉬웠는데. 민준이와의 맥락이 그사이에 새로 생겨났다. 편지를 손보는 걸로 이어질까? 양말에 구멍이 났다. 은유적인 표현이 아니라 실제로 말이다. 오른발에 신겨진 노란 양말을 왼손으로 괜히 계속 잡아 뜯고 있다. 말이 될까? 다시 써야 하나?

(숙모 안녕하세요, 언지예요. 오랜만이죠. 잘 지내세요? 꼭 드리고 싶은 말씀이 있어서 이틀 전에 민준이 통해 연락처 받았어요. 이 말하기가 저에게 중요한데 힘들고 어렵기도 해서… 원래는 글로 정리된 편지를 보내려고 했어요. 그런데 민준이와 연락하는 과정에서 전화를 했었는데, 전화의 장점도 있었어요. 오랜만에 반갑기도 했고, 다른 이런저런 이야기도 나눠서 좋았어요. 어떻게 말하는 게 더 좋을지 잘 모르겠네요. 혹시 써 뒀던 긴 편지를 보내도 괜찮을까요? 다듬는다고 다듬었는데, 내용이 사람들에게 충격이나 아픔을 주기도 해서, 숙모의 시간과 마음에 여유가 많으실 때 읽어 주시면 좋겠어요. 〉

〈 언지야 시간 되면 전화해도 돼~~)

〈 전화하기 불편하면 편지로 대신해도 돼~ 무슨 일인지 걱정이 되네 ㅜ)

127

편지를 보내지는 않았다. 숙모와는 20분짜리 전화로 충분했다. 내가 뭐라고 불러야 할지 몰라서 숙모라고 부르자 "숙모는 무슨 숙모니~" 라며 웃으셨다. "무슨 일인데? 우니? 너 어릴 땐 안 울었잖아. 약해졌네~" 농담도 하셨다. 덕분에 웃으며 울며 이야기할 수 있었다.

숙모: 뭐? 엄마에겐 말했었어?

나: 아뇨.

숙모: 의지가 안 됐었구나. 내가 더 신경 쓰고 네가 나에게 의지할 수 있었더라면, 더 일찍 나한테라도 말할 수 있었을 텐데. 미안해.

나: 아니에요. 숙모는 충분히 저를 돌봐 주셨고 신경 써 주셨어요.

숙모: 아니야…. 네가 몇 년 만에 갑자기 왜 연락했을까 궁금해서 이런저런 생각을 하고 있었는데, 그게 부끄러워지네.

민준이, 민서를 생각하고 걱정해서 이렇게 알려 주려고 했다는 건, 정말 용감하고 너무 고맙다. 나도 그런 부분에 되게 예민해서, 내 딸도 엄청나게 단도리시키고, 그런 방송도 많이 보거든. 어떻게 보면 네가 나보다 낫다. 그리고 알지 그건 절대 네 잘못이 아니다. 너는 사고를 당한 거고, 걔가 진짜 나쁜 거다.

그건 절대 네 잘못이 아니라는 말과 그 새끼가 진짜 나쁜 놈이라는 말을 많이 해 주셨다. 나는 종종 "맞아요, 알고 있어요." 라고 대답했다. 그래도 아무리 많이 말해 주셔도 또 도움이 되었다. 그 두 가지 말은 아무리 많이 들어도 지나치지 않다고 느꼈다. "절대 네 잘못이 아니야.", "걔가 진짜 나쁜 놈인 거야." 사실은 어떤 말을 하는지보다도, 그 뒤의 감정이 더 크게 전해지는지도 모른다. 20분에 걸쳐 말들의 사이사이 열 번을 똑같은 문장을 들어도, 그 문장마다 함께 엮인 마음이 다 달랐다. 놀람, 분노, 안타까움, 아픔, 고마움, 미안함, 연민, 슬픔, 대견함, 응원… 등이 섞여 복잡하고, 그리고 모두 강렬한 진심이었다.

숙모: 사과는 받았니? 너도 상담받아야 하고 개도 상담받아야 한다. 아버지는 어떻게 대처하셨어?

나: 아버지는 잘 대처하신 것 같진 않아요. 그리고 저는 개인성의 바닥을 봤잖아요. 사과고 뭐고 아무것도 기대하지 않아요.

숙모: 후… 어떻게 해야 할까. 어떻게 해야 너의 회복에 도움이 될까. 상담받는 곳에서는 네가 이렇게 사람들에게 말하는 게 너의 회복에 도움이 된대?

나: 사람마다 다른 것 같아요. 근데 저는 이런 사회적 지지가 중요하고 의미가 있어서, 도움이 되는 것 같아요. 친구들한테도 몇 명 얘기했고, 아버지 쪽 사촌 언니 오빠 중에도 말해도 되겠다 싶은, 아니면 아기를 키우는 몇 명에게도 말했고. 이제 많이 나아졌어요.

숙모: 네가 가족이 아니기로 충분히 선택할 순 있지만, 또 가족을 다 잃기도 싫잖아. 근데 이런 얘기 하면 이상한 소리 하

는 사람도 많다, 특히 옛날 어른들. 그런 건 듣지 말고 다 무시해.

숙모: 요새 어디에서 어떻게 지내니? 전에 보니까 다른 지역으로 간 것 같던데. 대학은?

나: 2년 정도 다니다가 끝까지는 못 하고 나왔어요. 이런저런 자원이 부족하기도 했고… 적응이 잘 안되더라고요. 어릴 때부터 제 마음이 힘들어서 오랫동안 심리학에 집착했었는데, 답을 찾지는 못했어요. 잘 모르겠어요. 이게 나아지고 나면 어디로 갈지, 뭘 할지.

숙모: 그래. 그런 건 평생 고민이다. 나도 식당 일하다가 최근에 그만두고 뭐 할지 고민하고 있고, 내 동생도 40살에 프랑스 가서 알바하면서 대학 다니고 있어. 유학이라고 꼭 돈이 많이 드는 건 아냐. 외국에 학비 싼 곳도 있고, 넌 젊잖아. 지금은 뭐든 네가 하고 싶은 거 하고 회복하고, 새로운 것도 배워 보고 그래. 나는 네가 해외에 나가서 몇 년 공부하는 것도 좋을 것 같아. 너희 아버지 돈 잘 버셔. 요구할 거 요구하

고 받을 거 받아. 왜 울어, 너 강하잖아. 어릴 때 야무지고 똑똑하고 공부도 잘했잖아. 아! 나는 나중에 좀 네가 크게 잘 됐으면 좋겠어. 메신저 프로필 뜨니까 좋은 소식 업데이트해 주면 볼게. 내가 비록 종교는 없지만, 민서가 고3이라 기도하러 다니거든? 너도 같이 내가 진심으로 기도해 줄 테니까. 너무 또 거기에 매이지 말고, 잘 살았으면 좋겠어. 너무 경직되지 말고. 세상엔 좋은 사람들도 많아. 그 중엔 네 삶을 바꿀 수 있는 좋은 인연도 분명히 있을 거야.

나: 네, 감사해요. 저도 제가 회복할수록 그게 점점 더 가능해지고 있는 것 같아요.

숙모의 목소리는 강인하고 단단했다. 우리는 분노했고 울었고 웃었다.

나: 그럼 뭐라고 부를까요? 이모? 언니?

깔깔 웃으며 "다음에는 꼭 ○○씨라고 불러라~!" 라고 하셨다.

"잘 살아. 알겠지?"

마지막 그 말이 묵직하게 머릿속에 맴돈다.

(보내지 않은 편지)

숙모 안녕하세요. 언지예요. 오랜만이죠, 잘 지내세요? 꼭 드려야 하는 말씀이 있는데, 손이 잘 안 떨어지고 어떻게 말해야 할지 모르겠네요.

알리기를 하고 있어요. 원래는 사람들이 알면서 모르는 척하거나 혹은 그게 중요하지 않다고 생각하고 있을 수 있다고 생각했는데, 얼마 전에 제 사촌 언니 오빠 중 몇 명에게 얘기하다가 깨달았어요. '그게 중요하고 심각한 문제라는 걸 받아들이고 있으면서도 아주 오랫동안 전혀 몰랐을 수가 있구나.' 이런 이야기는 상대방이 무엇을 알고 무엇을 모르고 어떤 가치관과 신념을 가졌는지에 따라 어떤 결과가 나올지 알 수 없다는 게 어려운 것 같아요.

종종 숙모와 민서, 민준이가 생각나고 어떻게 지내는지 궁금하고 언젠가 한 번쯤 보고 싶었어요. 그런데 함께 지냈던 시간 내내 제가 중요한 진실을 숨기고 모두를 속였어서, 저도 이제 어른이고, 민서도 민준이도 많이 컸으니까, 다시 만나게 된다면 거짓말 없이 솔직하게 모든 걸 대화하고 싶은데, 그래야 하는데, 그러고 싶은데, 엄두가 안 나고, 그렇다고 계속 미룰 수도 없었어요. 몇 년이 지나도 잊히지 않고, 끝나지 않은 가장 중요한 숙제처럼 떠올라요.

'민서나 민준이도 "우리"를 보고 싶어 할까? 그런데 "우리" 중 다른 한 사람이 먼저 연락하고 만나게 된다면 어떻게 하지? 그건 안전하지 않은데, 안전하지 않은 이유를 나는 알려야 하는데.'

—가 저를 8살부터 18살까지, 지속해서 성폭행하고 강간했어요.

'내가 지금 뭘 하는 거지? 뭘 원해서 뭘 하려는 거지?' 싶다가도, 이걸 안 끝내면 제 인생의 다음 장으로 마음 편히 넘어갈 수 없을 것만 같아요. 저는 다른 주제에 집중하고 싶고 다른, 새로운 삶을 살고 싶은데. 아주 먼 곳에도 가고 싶고, 돌아오지 않고 싶고, 무엇이든 할 수 있다고 믿고 싶고, 어디로든 나아가고 싶은데, '너 아직 여기서 해야 할 일이 남아 있

135

잖아. 네가 아무리 회피해도 이건 끝나지 않았어.' 하고 어디
선가 올라와 어둠 속에서 제 발목을 잡아 넘어뜨리고, 돌아
오게 만들어요. 돌아오고 싶지 않아요. 정확히 말하면, 돌아
가야만 한다고 느끼고 싶지 않은 동시에 돌아갈 곳이 없다고
느끼는걸, 그만하고 싶어요.

저를 힘들게 했던 것 중 하나는, 제가 너무 오랫동안 누구에
게도 말할 수 없다는 거였어요. 누구에게 어떻게 말하면 어
떤 결과로 이어지는지 알지 못했고, 누구를 믿을 수 있는지
도 알 수 없었다는 거요. 저에게 어떤 선택지가 있었는지, 어
떤 도움이 필요했는지, 그걸 어떻게 얻을 수 있는지, 누가 저
를 어떻게 도와줄 수 있는 사람이고, 누가 저를 해치려는 사
람인지… (사실 그걸 어떻게 다 알 수 있겠어요?) 저는 두려
웠고, 사람들을 속일 수 있었고, 고립돼 있었어요.

누구나 피해자가 될 수 있고 누구나 가해자일 수 있어요. 만
약 민서나 민준이 중에도 피해자가 있다면 저는, 그랬을 때
제가 느끼게 될 감정이나 머릿속에 들게 될 생각이 무엇일지
는 모르겠지만, 견디기 힘들 거예요. 그걸 상상하면 제가 너

무 늦게 말한 건 아닌지 죄송해져요. (애초에 제 잘못이 아닌데 왜 저는 소중한 사람들에게 아직도 제가 미안해지는지 모르겠어요.) 제가 이걸 감당할 수 있게 되기까지, 말할 수 있게 되기까지 시간이 걸렸어요. 어린 아기를 키우는 사촌 언니 오빠들에게 먼저 알렸어요. 그리고 그 과정에서 민서와 민준이, 숙모에게도 이걸 알려야 한다는 생각이 강하게 들었어요.

지금 저는 숙모를 믿어요. 숙모는 저를 그냥 어리고 별난, 때가 되면 모든 게 완성될 모자란 사람이 아니라, 하나의 온전한 인격체로 대해 주셨다는 걸 알아요. 제가 힘들어하고 속상해했을 때, 아파트 입구에 잠깐 차를 대고 해 주셨던 이야기, 다정하게 묵직했던 밤공기와 고민, 마음의 곡선, 눈빛, 장면. 제가 어머니에게 맞았다고 얘기하며 울었을 때도 "네가 우는 걸 참는 게 더 마음이 아프다"라며 곁에 함께 있어 주셨잖아요. 고등학교 기숙사가 열기 전에 학교에 다녀야 했을 때도, 안전한 곳에 머물게 해 주셔서 감사했어요. 어릴 때 쿠키 만들고 도넛 만들고 했던 것도 다 기억해요. 저를 돌봐 주셔서, 그리고 진심으로 신경 써 주셔서 감사했어요.

민서와 처음 만났을 때, 아마 민서가 3살이었나요. 함께 놀고 자라며 "언니야" 하고 멀리서 웃으며 달려오던 아기의 모습을, 그 고마운 사랑을 저는 평생 잊지 못할 거예요. 누나랑 같이 놀고 같이 자고 싶어 하고, 눈물을 보이는 걸 부끄러워하지 않고, 솔직하고 용감하던 민준이에게 받은 사랑도요. 민준이는 이제 어른이겠네요. 민서는 아직 고등학생이죠? 만약 아이들이 언젠가 저를 보고 싶어 한다면 알려 주세요, 저도 보고 싶어 한다고. 그리고 이 편지의 내용을 저는 민서와 민준이가 언젠가는 알아야 한다고 생각해요. (최소한 그들의 안전을 위해서요.) 하지만 그 시기나 방법은 숙모의 판단에 맡길게요. 이 편지를 그대로 보여 주셔도 되고, 만약 이후에 제 도움이 필요하다면 언제든 연락해 주세요.

회복

5

혼자가 아니라고 느꼈으면 좋겠다.
사실, 슬프게도, 우리는 생각보다 다수다.

내가 초등학교 1학년이었을 때, 우리 반은 창가에 나팔꽃을
키웠다.

침대 머리맡에 창문 열어놓고 있는 거 참 좋다. 그리고 밤도 좋아. 난 밤이 좋고 따뜻한 날씨가 좋아.

"지난 10년 혹은 15년 동안 살아내느라 쏟은 그 헌신 그만큼을 치유에 쏟아부어라." - 도리엔 (Bass & Davis, 2012 재인용)

내가 무엇을 원하는지 알아내는 방법은 대개 실험적이다.

때로, 그걸 해 보는 수밖에는 없다.

나의 회복에 도움이 된 것

- 별말 없이 함께 울어 준 것
- 따뜻하게 안아 준 것
- 진심으로 등을 토닥여 준 것
- 곁에서 자도 된다고 해 준 것 (불면증과 밤의 불안, 우울함이 심할 때였다.)
- 나의 피해 사실을 알기 전과 다름없이 나를 똑같이 좋은 친구로 봐준 것
- 성폭력 전반에 대해 알아준 것
- 할 수 있는 만큼씩 노력해 준 것
- 가해자에게 분노한 것
- 나에게 조심스러워해 준 것
- 내가 원하는 방법으로 도와주고 싶다고 말한 것
- 언제든 얘기하라고 말해 준 것
- 건강한 식사를 하게끔 도와준 것
- 기다려 준 것
- 자신의 성폭력 경험도 나누어 준 것

나의 회복에 방해가 된 것

- 못 들은 척한 것
- 빨리 좀 나아지라고 답답해하고 다그친 것 ("언제 괜찮아질래?")
- 나를 특별히 더 불쌍한 사람으로 보기 시작한 것
- 나를 자신보다 못한 사람으로 여기기 시작한 것
- 내 인생의 여러 일들에서 나를 제외하고 자신이 대신 해주기 시작한 것
- 나의 어려움이 성폭력 때문이 아니라 내가 노력하지 않아서라고 말한 것
- 성폭력과 성소수자 사이의 연관성에 관한 자신의 가설을 설파하기 시작한 것 (둘은 아무 연관이 없다.)
- 나와 가해자를 상의나 예고 없이 한 자리에 부른 것 (때로 피해 사실을 알면서도.)
- 다른 생존자와 나를 비교한 것 ("다른 사람들도 그런 일을 겪는데 다들 이겨내고 잘 산다더라.")

- 가해자의 입장도 들어 봐야 한다고 말한 것 (이들은 항상 "양쪽의 입장을 다 들어 봐야 한다"고 말한다.)
- 난 분명 성폭력이라고 말했는데, 내가 섹스했다고 여기고 어땠냐고 물어본 것
- 가해자에게 욕하는 나에게 싸가지가 없다고 말한 것

나는 "나 괜찮아. 아무 일 없어."가 해묵은 습관처럼 입에 붙어 있다. 최근에는 "괜찮아!"를 뱉었다가 화가 나거나 구역질, 눈물이 나면 사실 내가 괜찮지 않다는 걸 알아차리고 있다. 그러면 "괜찮지 않네."라고 말한다.

내가 나의 아픈 이야기를 숨기지 않으니까, 남의 아픈 이야기를 들어 주다가 억울해지지 않았다.

그리고 상대방이 좋은 삶을 살기를 그 순간에 진심으로 바랄 수가 있었다.

또 보고싶고, 앞으로도 관계를 계속 이어 나가고 싶었다.

신고에 관하여

무고에 대한 기사가 아직도 나온다. 댓글창이 난리다. 그 기사에 얼마나 많은 실제 생존자들이 절망하고 낙담할지, 그 기사를 쓴 사람은 알까.

우울과 불안의 영향, 나의 역량…

증거가, 물증이 어떻게 있을 수가 있겠냐고.

나에게 더 중요한 것은, 단일한 그 사건이 참인지 거짓인지보다, 친족 성폭력 사건이 전 세계적으로 무수히 많으며, 그 중 한국에서의 신고율은 고작 10%도 되지 않는다는 통계와 그것보다 훨씬 더 낮은 검거 혹은 처벌률이다. 한국 여성 10명 중 4명은 평생 1회 이상 성폭력을 경험한다(여성가족부, 2022). 아동 성폭력 가해자의 약 68~87%가 친인척, 즉 가족이다(한국성폭력상담소, 2021). 2022년에 한국에서 일어난 강력범죄(흉악)의 약 94%가 성폭력이고 나머지 고작 6%를 살인, 강도, 방화가 나눠 갖는다(대검찰청, 2023). 이러한 주소에서 저 기사를 내는 사람의 의도와 심리, 그게 나를 숨이 막히게 한다. '본인이 숨어있는, 숨고 싶은, 가해자가 아니고서야…' 그런 생각이 들게 만든다.

누구는 "왜 신고 안 해?" 라고 묻고, 누구는 "신고는 안 할 거 지?" 라고 묻는다.

지역 성폭력 상담소 선생님: 성폭력 상담의 정석은, 상담하면서 신고와 재판까지 이어지는, 어떤 정해진 절차가 있어요. 그래서 저는 한때 그런 정해진 순서대로 잘 이어지면 제가 상담을 잘하고 있다고 믿기도 했었고요. 하지만 최근에 들었던 성폭력 상담원 교육에, 오직 신고를 권하는 것만이 성폭력 피해 복구의 전부 다는 아니라는 내용이 있었어요.

나: 하지만 신고를 절대 과소평가할 순 없어요. 특히 거시적인 관점에서 보면 더, 너무나 중요하고 중요해요. 다만 저는 신고를 이미 한번 해 봤고, 그게 저에게 어떤 경험이었는지를 아니까. 신고와 사람들의 인식 개선 둘 다 지금의 저에게는 똑같이 중요한데, 저는 지금의 제가 더 하고 싶고 잘할 수 있겠다 싶은 것에 무게를 두고 선택과 집중을 하는 것뿐이에요. 정말로 제가 무엇을 원하는지 알아내는 방법은 그걸 해 보는 수밖에 없기 때문에, 만약 제가 성폭력 신고를 한 번도 안 해 봤다면 이번에 했을 것 같아요.

"아동치한범 중에는 친족강간범이 많다. 친족강간사건은 수개월 또는 수년에 걸쳐 범행이 이루어지기 때문에, 그 사이에 피해자가 겪는 고통은 상상할 수 없을 정도로 크다. 또한 가족이 범죄 사실을 알게 되더라도 가정이 파괴될 것을 우려해 신고를 피하거나 아예 묻어버리는 일이 많아 재범 가능성이 매우 높다." (이수정 & 김경옥, 2016, pp.84-85)

6

내가 어른이 된 이후, 사촌인 다혜 언니에게 친족 성폭행 피해 사실을 최초로 알렸던 날, 언니는 분노하며 울었다. 언니는 그때 어린 딸을 키우고 있었고, 울면서 "너에게는 엄마가 필요했어."라고 말했다. 나는 그 말이 이상하다고 생각했다. 실제로 어릴 때 내가 원했던 건 지식과, 안전한 환경과, 말이 되는 사회였지, "엄마"는 아니었다. 나에겐 할머니도 아버지도 있었고, 어머니는 둘이나 있었다. 어떤 때는 그들 모두가 어머니 같아서, 어머니가 서너 명 있는 것 같기도 했다. 그들은 모두 내 곁에 있었지만, 그들 중 한 사람도 나를 성폭행으로부터 지키지 못했다. 이 이야기를 심리 상담사 선생님께 하자, 선생님은 그 엄마가 꼭 그 엄마가 아니라 "보호해 줄 어른"이라고 들렸다고 말했다. 하지만 이미 지나간 과거의 나에게 없었고, 그때에도 내가 원한다고 내 의지로 가질 수 있는 게 아니었던, "어떤 막연히 이상적인 어른"을 원하는 건 나에게 막막한 박탈감과 무력감만 느끼게 할 뿐이었다. 나는 내가 갖고 있는 자원들로 어떻게 할 수 있는지를 파악해야 했다. 집 안에서 방법을 찾지 못한다면 집 밖의 세상에서 찾아야 했다. 모든 어린이가 믿을 수 있는 어른과 자라는 행운을 누리는 건 아니다. 그리고 그런다고 해서 성폭력을 100% 피할 수 있는 것도 아니다. 성폭력은 가해자가 가해하기 때문에 발생한다. 그리고 성별 불평등, 폭력을 수용하는 문화, 그리고 사회 불안정으로 증식한다. (이수정, 2018, p.273) 그러니까, 이런 사회에서 "엄마" 한 명에게만 아이의 모든 보호를 책임지게 하는 건 부당할 뿐 아니라 역부족이다. 모든 어른이 모든 어린이를 지켜야 한다. 나는 스스로를 지키고 싶고, 모든 여성을 지키고 싶고, 모든 아이를 지키고 싶다.

기억 되찾기

상처 주기가 "목적"인 것은 아니다. 어쩌면 지혜, 다혜, 현우 등이 다른 사람들 (그들의 파트너나, 내가 말하지 않아 아직 모르는 사촌이나, 친척 어르신 등)과 이것을 말해야 할 때, 그들도 언어가 없고 어렵겠지, 이 책이 그걸 도와줄 수도 있을 것이다.

나: 사람들이, 그렇게 물어보고 궁금해해요. 말이 되는지, 피해가 왜 일어났는지, 앞뒤로 이해가 되는 맥락이 있는지, 어떻게 자기는 모르는지, 어떻게 그렇게 오랫동안 몰랐는지.

심리 상담사 선생님: 속상하네요. 피해자가 왜 설명까지 해야 하는지. 그냥 벌어진 일이잖아요. 피해자는 특정되지 않아요. 그냥 그곳에 있던 사람인 거고, 가해자가 가해했으니까 일어난 거지.

나: 하지만 저 말고 아무도 설명하는 사람이 없어요. 가해자도 방관자도 말이 없어요.

심리 상담사 선생님: 그럼 답이 나왔네요. 그들의 침묵으로 그렇게 오랫동안 은폐돼 온 거죠.

기억나는 사건들을 나조차도 의심하면서 파편을 긁어모았다. 몇 년, 십몇 년 동안이나 의심하고 곱씹고 생각하고 점검했다. 기억나지 않는 것은 기억나지 않는다고 말했다. 그리고 확실하지 않은 것은 범위를 넓게 잡았다. 나에게 과거의 기억은 이미지나 감각으로 존재한다. 나는 그 순간에 본 공간의 장면, 피부에 닿은 사물의 촉감이나 온도, 분위기나 감정을 기억한다. 내가 몇 살이었는지는 그때 살았던 집이나 입고 있던 옷, 그때의 내 신체 형태 등을 토대로 유추했다. 따라서 "몇 살쯤"이라고 표기된 나이는 위아래로 1살 정도 오차가 있을 수 있다.

"어린이 성폭력 당시 그 상황으로부터 분열되었던 생존자는 자신의 경험을 아주 조금만 혹은 일부분에 대해서만 느낌이나 신체적 감각, 소리, 냄새, 시각적 이미지로 인지하거나 기억하기 때문에 피해가 일어난 시간대별로 일관되게 진술하지 못한다." (Bass & Davis, 2012, p. 174)

만 13세 미만의 아동에 대한 성범죄는 공소시효가 없다. (그렇다고 내가 —를 신고하고 재판에서 이기는 것이 쉬울 거라는 건 아니다. 그리고 피해자의 나이와 상관없이 친족성폭력의 공소시효는 전면 폐지되어야 한다.) 이제 나는 기억을 잃어버릴까 봐 두려워하지 않고, 곱씹지 않고, 삶을 살 수 있을 것이다. 나는 내가 충분히 준비되고 원할 때면 언제든지 고소할 수 있다. 어쩌면 잊고 사는 순간이 조금 더 생길 수 있을지도 모른다. 나는 필요할 때 여기로 돌아올 것이고, 다시 읽으면 모든 게 기억 날 것이다. 이 장은 그러기 위해서도 쓰였다. 나는 때로 이것을 잊고 싶고, 살고 싶지만,

"어떤 여성이 지진의 한가운데 있었던 기억을 하더라도 그건 자존감이나 자기평가에 아무런 영향도 미치지 않는다. 지진이 그녀 탓이라거나 그녀가 지진을 유발했다는 말도 듣지 않는다. 그들이 겪은 일을 입 밖에 내면 엄청난 결과가 기다릴 것이라는 위협 따위를 받는 지진 피해자는 없다. 그러나 성폭력 피해를 입은 어린이 중 일부는 그런 일을 겪는다. 또한 어린이 성폭력 피해의 생존자들은 말 그대로 피해가 일어났을 때 어린이였다. 종종 연민을 호소할 믿을 만한 어른도 없었다. 형제자매가 단단히 힘을 합하여 피해 어린이를 보호한 가족이 아닌 한, 이런 어린이들은 종종 자신의 외상 안으로 고립된다. 이들은 소속이 같고 유대할 수 있는 참전용사나, 적어도 누가 아군이고 적군인지 정도는 파악되는 포로수용소 전쟁포로와도 입장이 다르다. 너무나 많은 어린이 피해자들의 경우 그들 편인 줄 알았던 사람이 그들의 적이었기 때문이다." (Bass & Davis, 2012, pp. 175-176)

내가 성폭행 피해 사실을 말했을 때, 친구들은 아무것도 묻

지 않고 나를 믿어 주었다. 안아 주었고 함께 울어 주었다. 기다려 주었고 들어 주었고 함께 분노 했다. 내가 설명을 해도, 하지 않아도 충분했다. 나는 기본적으로 이 책을 나를 위해 썼지만, 이 장은 생존자의 말을 의심하는 사람들, 혹은 성폭력이 별 거 아닌 거라고 믿는 사람들, 그리고 무슨 일이 일어났는지를 물어 볼 사람들을 위해서도 쓰였다. 다른 누가 아무리 말이 안 된다고 한들, 이게 내가 실제로 겪은 일이다. 특별히 더 드문 일도 아니다. 그저 평범한 90년대 후반생이 겪은 한국의 현주소이며, 전 세계의 많은 여성이 내가 겪은 과거를 겪었고, 여전히 많은 여성이 현재에도 그 속에 있다.

"어린이 성폭력에 대한 기억은 상당히 정확하다." (Bass & Davis, 2012, p. 186)

무기력에는 사실 이유가 있어. 역사를 되짚어 올라 가 보면, 무기력의 발생 전과 후를 가르는 아주 분명하고 구체적인 사건(들) 말이야.

내가 이 장을 통해 원하는 것은 내가 원하지 않을 때 더 이상 말로 설명하지 않아도 되게 되는 것. 더 이상 기억을 잃어버릴까 봐 두려워하며 습관적으로 불안해하고 전전긍긍하고 기억을 곱씹지 않아도 되게 되는 것. 또 미래에 있을지도 모를 어떤 타인의 질문이나 설명 요구나 내 안의 '대화를 해야 하나' 싶은 상황에 대처, 혹은 보조할 장치를 만드는 것. 나는 잊고 살고 싶지만, 진실을 역사를 없앨 수는 없다.

그저, 내가 그 곳에 있었다는 걸 알아 주세요.

유년기

기억이 서서히 형성되는 아주 어릴 적부터 나는 두 집을 오 갔다. 어머니 J가 있던 집과, 아버지의 어머니 즉 할머니의 집. 나는 두 집 다 각자 나름의 이유로 좋아했다. 어머니 J는 나에게 수학과 미술을 가르쳐 주셨고, 할머니는 자연을 가르 쳐 주셨다. 아버지는 내 머리를 묶어 주셨고 밥을 해 주셨다. 할아버지는 실제로 전쟁에 참여했던 육군이었고, 아버지와 어머니 J는 (많은 사람이 그렇듯,) 전쟁을 그들만의 작은 버 전으로 되풀이했다. 하루는 서너 살쯤의 내가 울고 있던 아 버지에게 "우리, 할머니 집에 가자"고 말했고, 그때부터 우리 는 할머니 집에 살게 되었다. 나는 할머니와 함께 걷고 밭에 가는 걸 좋아했고, 할아버지와 함께 오토바이 타는 걸 좋아 했고, 옥상과 무화과나무와 비 맞는 걸 좋아했다. 내가 초등 학교에 가기 전에 할아버지가 돌아가셨고, 우리는 주택에서 빌라로 이사했다.

167

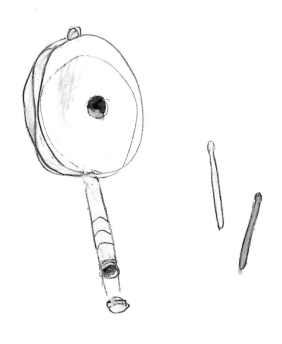

나는 기억해. 8살이었는지 9살이었는지, 그 소고와 소고 채
의 모양을. 그리고 의자의 감촉을. 아마 그게 시작이었지.

울지 마, 미워하면 안 돼

어른들이 울지 말라고 해서 나는 자주 울지 않았는데, 한 번씩은 울음이 터져 나오는 걸 어떻게 해도 멈출 수가 없었다. 나는 —가 너무 싫다고 말했다. 싫은 이유는 너무 많아서 말하다 보면 어른들이 듣다가 그만 듣거나 웃었다.

할머니는 미워하면 안 된다고 말했다. 그리고 옛날에 할머니가 어렸을 때 당신을 괴롭히던 동네 아이들로부터 당신의 오빠가 지켜 줬었다는 이야기를 들려주셨다. "미워하면 되는가, 세상에서 하나뿐인 네 —인데."

성교육

초등학교 3학년쯤 학교에서, 난생처음으로 성교육을 받았다. 그전까지 나는 내 팬티 속에 뭐가 있는지, 그 기관들을 뭐라고 부르는지도 몰랐다. 반 분위기가 전부 다 이상했다. 처음 보는 선생님이 오셔서 칠판에 '성'을 적고 "성이 영어로 뭔지 아는 사람?" 질문했다. 모두가 조용했고 평소에 웃기고 엉뚱한 소리를 많이 하던 친구 하나가 손 들고 "캐슬(castle) 이요!" 했다. 몇몇 아이들이 킥킥 웃었고 선생님도 부드럽게 웃으셨다. 영상 자료를 틀자, 아이들이 눈을 가리고 난리가 났었다. "으악!", "우웩~", "으!" 화면을 아무렇지 않게 똑바로 보면 내가 이상한 사람이 될 것 같았다. 나는 안경을 벗고 안 보는 척을 했다. 하지만 사실 나는 궁금했다. 알아야 하는 거라고 생각했다.

영상은 어린이 드라마 같았다. 악당으로 보이는 사람이 켈켈 켈 웃고 있었다. 어린이가 놀이터에서 놀다가 낯선 성인 남성을 따라가면 화장실에서 성폭행당하게 되니까, 낯선 어른을 따라 가면 안 되고 "안 돼요, 싫어요, 하지 마세요." 를 말해야 한다는 내용. 그리고 성폭행을 당하면 꼭 부모님이나 선생님께 바로 말해야 한다는 내용이었다. 나에게 —는 낯선 사람도 아니었고 어른도 아니었다. —는 남의 집 화장실이 아니라 우리 집 작은방에서 내 팬티를 벗겼다. "안돼, 싫어, 하지 마," 이미 나는 셋 중 아무것도 말하지 않았었고, 부모님이나 선생님께 바로 말하지도 않았었다. —는 학교에서 보여준 성교육 영상에서처럼 켈켈켈 웃으며 나를 무릎에 앉혀 놓고 만지지 않았고, 의자에 앉혀 놓고 앞에서 마주 보고 무표정으로 소고 채를 내 성기에 삽입했었다.

집에 한 대 있던 작은 방 컴퓨터는 언제나 —가 차지하고 게임을 하고 있었다. 내가 한 시간씩 돌아가면서 하자고 말해도 지켜지지 않았다. 내가 안방으로 가서 할머니에게 말해도 그랬다. 결국 나는 게임이 언제 끝나는지 지켜보며 옆에 앉아 있어야 했다. 한 판이 끝난 걸 내가 못 보면 계속 다음 판을 시작해서 내 차례는 영원히 오지 않았기 때문이다. 가끔 운이 좋으면 2인용 게임을 같이 하거나, 보조 캐릭터를 플레이하게 해 줬다. 컴퓨터나 TV에 나오는 걸 따라 하며 놀기도 했다. 거실 TV에 연결된 게임기에는 수영복만 입은 여성들이 나와서 도박했고, 아무도 그걸 이상하게 생각하지 않았다. 싸우거나 죽이는 게 아닌 게임은 그거밖에 없어서 나는 그 게임을 종종 했다. 하루는 —가 컴퓨터로 수영복도 벗은 여성들을 보여주며 나에게 따라 하게 했다. 그 여성들의 다리가 시작되는 곳에는 밖에서 들어갔는지 안에서 나왔는지, 한결같이 다 뭔가 얇고 긴 게 있었다. 나는 그때 겨우 8살이었다.

8살의 나에게 일어났던 일을 여전히 이해할 수 없던 10살의 나는 어떻게 해야 했을까? 9살에야 겨우 시간 개념을 이해했는데. "성교육", "성폭력". 여섯 글자 두 단어를 외워서 집에 와서 컴퓨터에 검색했다. 그 당시 검색 결과는 —가 나에게 보여주던 것들과 크게 다르지 않게 느껴졌다. 벗은 사람들의 그림, 침대 속에서 벗고 부끄러워하며 웃고 있는 사람들의 그림, 콘돔을 껴야 한다는 내용이 있었다. 난 콘돔이 대체 뭔지는 끝까지 알 수 없었다. 그리고 나에게 무슨 일이 일어났었는지, 앞으로 무슨 일이 더 일어날 예정이었는지, 그걸 막으려면 어떻게 해야 했는지도 알 수 없었다. —에 대해 싫었던 건 사실 성폭행 말고도 많았는데, 그걸 할머니나 아버지에게 말한다고 늘 만족스러운 결과가 나오는 것도 아니었다. 어른들이라고 옳고 그름을 다 알고 있지 않았다.

'재미있지는 않았지만, 옥상에서 물총 싸움을 하는 것보다는 낫지. (그건 내가 지고 울어야 끝나니까.) 사는 게 어떻게 늘 좋을 수만 있겠어?'

뻑뻑했고 등이 차가웠다

검정 벨벳 치마, 강간, 뻑뻑했던 느낌, 등 뒤에 차갑던 노란 장판. 눈물이 나지는 않았다. 저항하지도 않았다. 나에게 무슨 일이 일어난 건지 몰랐다. 나는 누우라고 해서 누워 있는 나를 지켜봤다.

초등학교 1학년 때 비가 쏟아지던 등굣길에서도 나는 나에게 무슨 일이 일어난 건지 몰랐다. 다리가 아파서 수업 시간에 손을 들고 "선생님 저 다리 아파요."라고 말했고, 선생님이 깜짝 놀라서 조퇴시켰다. 집에 와서 치료받고 어른들이 "넘어졌구나. 무릎이 다 까졌다. 다리가 피범벅이네. 아팠겠다." 그래서 알았다. 시간이 지나서 큰 반창고 붙은 무릎이 아직도 아프면, 그때 내가 등굣길에 잘못 밟았던 비스듬한 젖은 목재가 기억났다.

가만히 있는 것 말고는 아무것도 할 수가 없었다. '왜 내 입은 "안돼, 싫어, 하지 마!" 라고, 말하지 않지?' 생각이 따라다니기 시작했다. '왜 나는 아무 말도 하지 않았지?'

176

가려움

성기가 가려웠다. 긁어도 긁어도 가려웠고 참을 수 없었다. 화장실에 들어가 문을 잠그고 가려운 곳을 비누로 박박 씻었다. 대야에 찬물을 받아서 한참 동안 앉아 있었다. 팬티 안에서 일어나는 일에 대해 할머니가 두려워하고 어려워한다는 걸 나는 눈치로 배웠다. 할머니는 나랑 목욕탕에 갈 때도, 집에서 씻으실 때도 팬티를 입고 있으셨고, 속옷 또한 늘 꼭꼭 숨겼다. 할머니는 돈을 숨겨 둔 곳도 나에게는 손가락으로 쉿! 하고 자랑스럽게 웃으며 알려 주셨는데, 속옷에 가려진 곳들에 관해서는 알려주지 못하셨다.

피

하루는 팬티에 피가 묻어 있던 적이 있다. 월경 치고는 양이 적었고, 하루만 그랬다. 그리고 그다음 달이나 다음다음 달에도 피가 나오지는 않았다. 초경은 원래 그럴 수도 있는 걸까? 할머니는 나를 창고 방으로 불렀다.

할머니는 늘 유쾌하고 당당한 분이셨다. 불안해 하기보다는 "그까짓 거 뭐, 대~충 하면 된다!"라는 말에 음을 붙여서 유행어를 만드셨고, 역정을 낼지언정 무력해지지 않았다. 할머니는 이야기하고 춤추고, 가끔 슬픈 노래를 부르는 사람이었다. 그랬던 할머니가 그날은 평소와 다르고 이상했다. 내 눈을 마주 보지 못했다.

어딘가에서 일회용 팬티 라이너 한 뭉치를 꺼내 나에게 건넸다. "이게… 맞는 건지… 모르겠다…" 목소리가 떨리고 있었다. 나는 의아해했고 할머니는 나를 피했다. 몸이나 얼굴의 방향이 내 쪽을 향하고 있지도 않았다. 할머니는 금세 방을 나가셨다.

어쩔 줄 몰라 했던 것 같다. 그리고 두려워했던 것 같다. 나는 할머니가 무언가를 그토록 두려워하는 걸 본 적이 없다. 할머니는 정확히 무엇을 두려워하셨던 걸까?

내가 월경을 시작한 건지, 혹은 성폭행을 당한 건지 생각하셨을까?

나는 화장실 옆, 빨래를 두던 대야에 피 묻은 내 속옷을 기억한다. 하지만 그 전에 나에게 무슨 일이 일어났는지는 기억나지 않는다. 할머니는 아주 어릴 때 할머니의 엄마가 돌아가셨다고 했었다.

이사

초등학교 4학년쯤, 어머니 H와 아버지는 나와 —를 데리고 할머니 집에서 조금 떨어진 동네의 아파트로 이사했다. 차로 10분, 걸어서 1시간이 걸리는 곳이었다. 다니던 초등학교와 학원은 그대로 다녔는데, 아파트보다 할머니 집과 더 가까웠고 또 나는 할머니가 보고 싶었기 때문에 여전히 할머니 집에도 자주 갔다. 자주 가면 할머니가 좋아하셨다. 나도 할머니가 좋았다.

183

연분홍색 샤워 가운

5학년쯤. 어머니 H와 아버지가 두 분이 공연을 보러 갔었는지 짧은 여행을 갔었는지, 나와 _를 아파트에 둘만 있은 밤이 있었다. 양념치킨을 시켜 먹으라고 팸플릿과 돈을 주셨다. 샤워하고 샤워 가운을 입고 치킨을 먹었다. 그리고 나는 다시는 그걸 입지 않았다.

때로 사람들은 성폭력이 피해자의 옷차림 때문이라고 생각하고 말하지. 나도 그 편견에서 자유롭지 못했다.

하지만 내가 성폭력 피해를 당할 때 입고 있던 옷은 어린이용 샤워 가운, 검정 벨벳 치마, 흰색 운동복 민소매와 연노란색 반바지, 토끼가 그려진 흰 긴팔 티셔츠와 짙은 색 긴 청바지, 헐렁한 세로줄 무늬 긴팔 긴바지 잠옷, 중학교 교복, 고등학교 교복, 그리고 기억도 안 나는 수많은 평범한 옷과 잠옷이었어.

다 어른들이 사 준 거였다. 그러면 나에게 옷을 사 주고 입혀 준 어른들이 잘못한 걸까?

아니면 애초에 그 옷을 만든 사람이 잘못한 걸까?

회사가 옷을 판매할 때 "이 옷을 입으면 성폭행을 당할 수 있습니다."라는 경고 문구를 부착하지 않은 게 잘못일 수도 있을까? 술과 담배, 미끄러운 바닥, 장난감에도 위험 경고 문구가 있으니까 말이다.

세로줄 무늬 잠옷은 ─도 똑같은 게 있었다. 그런데왜 ─는 그 옷을 입고 강간당한 적이 없고 나는 있을까?

교복 입으라고 한 학교도 잘못했을까? 나도 치마 입기 싫었는데.

나도 그때 천으로 된 옷 같은 게 아니라, 위협을 감지하면 상대방을 공격하고 나를 보호할 수 있는 아X언맨 수트 같은 걸 입고 있고 싶었다고.

내가 만약 다른 옷을 입었으면 성폭행을 안 당했을까? 아니. 내가 다른 무슨 옷을 입고 있었든지상관없이 —는 나를를 똑같이 성폭행했을 것이다.

옛날에는 아동학대나 학교폭력도 피해자 탓을 하는 사람이 많았다. "네가 말썽을 피워서", "맞을 만했겠지", "그러니까 따돌림을 당한 거야"

…이 사회에 그런 말을 믿는 사람들이 더 많아진다면 이득을 볼 사람은 과연 누구일까?

그러면 결과적으로 이 세상은 점점 어떤 곳이 될까?

격리

신종플루가 유행했다. — 혼자 걸려서 아파트에 격리되었고,
나는 할머니 집에서 지냈다. 하루는 전화가 걸려 왔다. —가
울면서 심심하다고 보고 싶다고 한 것이었다. '이렇게 울 일
인가? 왜 이렇게까지 울지?' 이상하다고 생각했다. 나는 그
때 아무렇지도 않았다. 오히려 나에게 그 일주일은 참 편안
했고 살 것 같았다.

다시 떠올리고 묘사하려고 할 때마다 다시 외상을 입는다. 친구가 물었다.

"그런데도 기억해야 할까? 하는 게 더 좋은 걸까?"

"응. 이 사건들을 스스로 기억해 내지 않으면, 트라우마는 이 사건들뿐만 아니라 그 시간대 전체를 다 집어삼켜서 망각해 버리기 때문에, 내가 지금 어른이 되기 위해 어릴 때 배워야 했던 것들도 같이 잊혀 버려. 삶에 너무나 중요하고 필수적인 많은 배움을. 그리고 사실은 완전히 사라지지도 않아. 오히려 무작위로 삶을 치고 들어오지. 감정도. 선택적으로 어떤 감정만 느끼지 않는 것이 불가능하기 때문에, 만약 내가 이걸 느끼지 않으려고 한다면 나는 좋은 감정도 싫은 감정도 전부 다 무감각하게 만들어 버리게 될 거야. 난 그렇게 되고 싶지 않아."

190

사춘기

초등학교 6학년 때, 어머니 H와 아버지와 나와 ─는 한 번 더 이사했다. 더 큰 옆 도시의 더 큰 아파트였다. 할머니 집과 더 멀어진 대신, 외사촌 동생들과 가까워졌다. 나는 그 아이들이 좋았다. 집은 넓고 차갑고 딱딱했다. 내 방이 안방과 더 멀어졌다. 안방이나 부엌과 내 방 사이에는 이제 소리도 잘 들리지 않았는데, 내 방의 한쪽 벽은 통유리 문이었고 베란다를 통해 안방 화장실과 이어졌다. 그곳을 통해 어른들이 나를 몰래 보기도 했고, ─가 어른들 눈을 피해 오가기도 했다.

비싸고 크고 예쁜 집이라며 다들 좋아했다. 나는 그 집에서 늘 긴장했고, 깜짝깜짝 잘 놀랐다. 사람들은 우리 가족이 다른 어느 가족보다 더 완벽하고 행복한 줄 알았을 것이다. 집은 인테리어 잡지에 나오는 모델하우스 같았고, 가족 구성원들은 패션 잡지에 나오는 사람들처럼 꾸며졌다. 나는 언제나 어른들을 사랑하는 모습을 대외적으로 연출해야 했고, 아무 문제도 없는 듯 늘 천진하게 웃고 있어야 했다. 그러지 않으면 오랫동안 심한 벌을 받았기 때문이다.

초등학교 6학년 때, 학교에서 검사받는 일기에 "차라리 내가 아주 아파지면 좋겠다"고 적은 적이 있다. 담임 선생님께서 나를 따로 부르셔서 심각한 표정으로 왜 그렇게 생각했는지 물었다. "선생님은 만약 선생님 딸이 일기에 그렇게 쓴다면 너무 마음이 아프고 미안할 것 같아." 나는 당시 그 말이 이해되지 않았다. '그러지 말라는 말을 왜 저렇게 돌려서 길게 말하시지?' 나는 어른들에게 주로 혼이 났지, 사과는 들어본 적이 없었다. 선생님은 내가 반에서 친구를 많이 사귀고 학교에서 더 즐겁게 지낼 수 있도록 신경 써 주셨지만, 내 가정환경까지 바꿔 주지는 못하셨다. 나는 일기장을 두 권으로 만들어서, 학교에 검사받는 일기에는 더 이상 그런 내용을 쓰지 않았다.

중학교 때는 시 쓰는 시간에 비밀을 주제로 시를 쓴 적이 있다. 담임 선생님께서 나를 따로 부르셔서 그 시가 무슨 의미인지 물었다. 선생님은 우리 집 어른들에게도 연락한 것 같았고, 나는 또 집에서 혼이 났다. 그럴수록 나는 '아, 더 숨어야 하는구나. 더 철저히 감춰야 하는구나.' 생각했다. 집에서 학대는 누적되면서 점점 더 심해졌고, 대화는 통하지 않았다.

아래는 초등학교 6학년에서 중학교 3학년 사이에 내가 집에서 어른에게 자주 들었던 말들이다. 나는 말을 잘 들으려고 노력했다.

- "학교에서 전화 오게 하지 마라."
- "너는 나를 왜 나쁜 X 만들어? 네가 그렇게 하면 다른 사람들이 나를 어떻게 생각하겠니?"
- "넌 진짜 보통이 아니구나. 여자애가 기가 너무 세다. 사람들이 너에 대해 뭐라고 했는지 아니?"
- "다 너 잘 되라고 내가 아파 가면서 고생하면서 너 키우는 거야."
- "여자애가 수학 잘해서 뭐 해."
- "너는 어떻게 성적이 갈수록 떨어지니?"
- "말에 토 달지 마라. 말대꾸 하지 마라. 어른이 말하면 질문하지 말고, 네, 하는 거야."
- "내가 기분이 나쁘면 네가 와서 풀어 줘야지."
- "너는 언제까지 기분 나빠 있을래?"
- "밖에서 무슨 기분 나쁜 일이 있어도, 집에 들어올 때는 아무 일도 없었던 것처럼 다 밖에 두고 웃으면서 들어와야 하는 거야."

194

이 책은 성폭력 피해 경험에 관한 책이며, 나는 주제를 주객 전도 시키거나, 나를 키워 준 어른들을 과하게 비난할 마음은 없다. 다만, 내가 자란 환경에 대한 설명이 성폭력 피해를 '왜 말 안 했는지'에 대한 독자들의 이해를 돕길 바란다. 어린이는 집이나 학교 등 작은 세계에서의 경험을 통해 더 넓은 세계를 해석한다.

무: 舞

새벽에 자주 깨고 잠에 못 들었다. 학교 수업 시간에 깨어 있기 힘들었다. 나도 모르게 졸았고 자주 혼이 났다. 집에서 밤잠이 안 오거나 화가 나면 할 수 있는 게 없어서 교과서 읽었다. 선생님들과 친구들이 너는 맨날 조는데 시험 성적은 잘 나온다며 이상해하고 신기해했다. 누구는 천재냐고 물었고, 누구는 머리가 좋아도 노력도 해야 결국 성공할 수 있다고 말했다. 나는 천재도 아니었고, 엄청난 성공을 바라지도 않았다. 그냥 저녁에 학원 다니고 밤에 성폭행당하고 잠 못 잔 애였고, 자유가 없던 집에서 내가 할 수 있는 게 공부밖에 없었던 것뿐이었다. (그래도 어릴 때는 공부하는 게 재미있었는데, 그렇게 하니까 좋아했던 공부도 싫어지는 것 같았다. 그래도 사실 시험 성적이 나오면 매를 맞아야 했던 것만 빼면 공부는 여전히 좋고 재미있었다.) 매일 살아남기 바빴다. (답을 찾고 싶기도 했다.) 강간이 셀 수 없이 빈번했다. 자다 깨 보면 ─가 내 잠옷 셔츠 단추를 풀고 있거나, 이미 옷을 벗기고 만지고 있거나, 팬티까지 다 벗긴 상태였다.

나는 저항도 해 봤고, 욕도 퍼부어 봤고, 하지 말라고 어머니 아버지께 다 말할 거라고 협박도 해 봤다. 그럴 때면 ─는 불 꺼진 내 방의 암흑 속에서 나를 무표정으로 가만히 지켜봤다. 때로는 서서, 때로는 내 방 의자에 앉아서.

그리고 시간이 지나면 ─는 내가 말하지 못한다는 걸 확신하거나 내가 다시 잠들었고, 평소와 다를 바 없이 강간했다. 나는 언젠가부터는 무기력해졌고, 어떻게 해도 안 된다 싶었

고, 그냥 '빨리 끝나라' 싶었다. 잠이라도 조금 더 자게.

콘돔을 사용했던 적은 없었다. 나는 언제든 원치 않는 임신을 했을 수도 있었다. —는 사정 직전에 성기를 뺐다. 하루는 쿠퍼액이 안에서 나왔었다며, 임신 테스트기를 사서 나에게 공중화장실에서 그것을 사용하게 했다. 보기 드물게 초조한 모습이었고, 임신이 아니자 안도했다. 지금은 그렇게 생각하지 않지만, 나는 가끔 '그때 내가 차라리 임신했더라면 거기서 끝날 수 있었을까?' 생각했다.

내 방문은 아무리 안에서 잠가도, 집에 있는 간단한 도구들로 밖에서 너무 쉽게 열렸다. 하루는 내가 집에 있던 박스 테이프를 다 써서 문고리를 방 안에서 칭칭 감고 주변 가구들과 거대 거미줄처럼 단단히 묶었다. 그래도 —가 문을 열고 힘으로 미니까 틈이 벌어졌다. 그 사이로 —가 재미있는 놀이라는 듯 웃고 있었다. 내가 안쪽에서 온몸으로 막아도 소용이 없었다.

하루는 학교에서 성매매 예방 교육을 들었다. 나는 —에게 계속할 거면 차라리 앞으로 돈을 내고 하라고 했다. 하지만 —는 그러지 않았고, 그럴 필요도 없었다. 이미 공짜로 충분히 강간할 수 있었기 때문이었다.

학교에서 가끔은 집에서 학대당하는지, 성폭행을 당한 적이 있는지 등을 조사하는 설문지를 하게 했다. 어머니 H는 나에게 학교에서 전화 오는 일이 없게 하라고 말했다. 답이 보이지 않았다.

가끔은 모든 게 정말로 무감각해졌다. 모든 상황을 그림이나 영화를 보듯 잘게 부서지는 빛을 지켜봤다.

셀 수 없이 빈번했다는 말은 과장이 아니다. 적게 어림잡아, 이 시기에 최소 일주일에 한 번 강간을 당했다고 치면 초등학교 6학년부터 중학교 3학년까지 4년×1년은 52주=208번이다.

말과 믿음

집안 어른들은 여러 미신을 믿었다. 사주를 보고 갑자기 내
이름을 바꾸는가 하면, 자신에게는 신기가 있어서 모든 걸
다 안다는 말을 하는 어른도 있었다. 그런 말은 나에게 그가
뭘 모르고 뭘 아는지를 알 수 없게 했다. 동물이 따르는 사람
은 좋은 사람이라는 미신도 있었다. —는 언제나 동물과 잘
친해졌다. 나는 동물을 좋아했지만 무서워했고 잘 물렸다.
그 미신이 사실이라면, —가 좋은 사람이고 나는 나쁜 사람
일까? 나는 점점 미신을 믿지 않게 되었고, 미신을 심하게 믿
는 사람들도 믿지 못하게 되었다.

한 어른은 나에게 다른 건 몰라도 절대 거짓말은 하지 말라
고 신신당부했다. 나라고 거짓말 하고 싶어서 한 게 아니다.
오히려 거짓말은 나를 피곤하게 했다. 그 어른도 거짓말을
많이 했다. 나는 그저 진실을 어떻게 말해야 할 지 몰랐을 뿐
이었는데, 작은 거짓말을 들키면 그 순간 나는 나쁜 아이가
되었고 혼이 났다. 어른은 그것 보라며, 자기는 다 안다고,

거짓말 하지 말라고 하지 않았냐고 말했고, 내가 적당히 "와, 정말 귀신같이 다 아시네요. 거짓말 하면 안 되겠어요." 비위 맞춰 주면 좋아했다. 안 들킨 거짓말이 훨씬 더 많았고, 거짓말을 왜 했는지는 중요하지 않았다.

그러니까 가장 오래되고 가장 큰 거짓말을 나는 절대로 들키면 안 됐다. 어른이 한 번 화를 내기 시작하면 최소 일주일씩은 집 안에서 내내 숨이 막혔다. 나는 집과 학원을 오가는 길목에서 자주 눈을 감고 내가 착한 아이가 되기를 기도했다. 성폭력 피해를 들킨다면 나는 설명도 제대로 할 수 없을 거고, 애초에 설명을 들으려고 하는 사람도 없다고 생각했다. 집에서는 우는 것도 불법이었는데, 그걸 울지 않고 말하는 건 불가능했다. 어쩌면 나는 무릎 꿇고 손 들고 있기를 매일 매일 한 달 넘게 하게 될 지도 몰랐고, 플라스틱 자로 손바닥이나 종아리를 몇십 대 씩 맞게 될 지도 몰랐다.

그리고 또, 어차피 은폐 당하거나 학대만 더 늘어날 거라고 생각했다. 나와 — 사이에 갈등이 보이면 어른은 곧바로 둘 다 학대했다. 갈등의 원인이 무엇이었는지, 그 밑바닥에 무엇이 있었는지는 중요하지 않았다. 혹은 그걸 알았더라도 해결하지 않거나 못했다. —와 나 사이의 갈등은 철저하게 수면 아래로 숨겨졌고, 모든 걸 나는 점점 더 잘 숨겨야 했다. 체계적으로 거짓말하고 나 자신조차도 속이고 연기하는 기술이 날로 늘었다.

한 어른은 자주 남들이 내 욕을 한다고 말했다. 그러면 당신이 욕을 먹게 되니까, 나에게 "남들이 욕 안 하게 처신을 잘하라"고 했는데, 구체적으로 누가 무슨 말을 했는지는 알려주지 않았다. ("어른들이 뭐라고 한 지 아니? 너... 애가 보통이 아니라더라! 진짜 내가 부끄러워서...") 내가 그래서 뭘 어떻게 해야 했는지는 알 수 없었다. 어쨌거나 나는 늘 빈틈없이 아무 문제 없는 최고의 환경에서 자라는 괜찮은 사람인 척을 해야 했던 거다.

나는 미신이나 무속인이 아니라, 사람들이 나에게 잘 질문하고 내 말을 듣고 믿어 주기를 원했다. 내 거짓말이나 빵 부스러기같이 흘린 단서를 보고 진실을 꿰뚫을 수 있는 사람을 원했다. 내가 숨기려 했던 걸 혼내지 않고, 어쩌면 내가 감추려는 이유까지 이해해서, 내가 정말로 진심을 말해도 되는 그런 사람을 원했다. 누구를 믿을 수 있는지 알고 싶었다. 그리고 내가 말한다면 내 앞에 있을 어떤 미래의 경우의 수나 가능성, 선택지에 대해서도 충분히 알고 싶었다.

하루는 어머니 H가 둘 다의 일기장을 몰래 봤고 난리가 났다. 내가 세상을 욕하고 저주하는 일기 쓸 동안, —는 학교에서 배워 온 감사 일기 썼다. 나는 혼이 났고 —는 칭찬을 들었다.

성폭력 상담소 선생님: 어머니를 사랑하셨나요?

나: 기르는 어른을 사랑하지 않는 선택지가 아이에게 있을까요?

시골의 친척집에서

시골의집에서 ─는 모두가 바로 옆에서 잠든 거실에서 새벽에 내 옆으로 와 한참 동안 내 가슴을 만진 적이 있다. 그다음 날 아무 일도 일어나지 않았다. 그때 잠들기 전에 분명 내 옆에는 어머니 H가 누워 있었는데. 잠결에 나는 꿈인지 현실인지 구분이 잘 안됐었고, 내 가슴을 그런 식으로 세게 쥐고 만진 사람이 어머니 H였다고 해도 나는 똑같이 아무것도 할 수 없을 거라고 생각했다. 나는 눈을 감은 채로 곰곰이 생각하다가 그래도 누구인지를 확실히 하고 싶었다. 천천히 실눈을 떴다. ─였다. 주먹으로 머리를 세게 내리쳤다. 그러자 자기가 원래 자던 자리로 되돌아갔다. 다음 날, 정확히 말하자면 아무 일도 일어나지 않았던 것은 아니다. ─가 나에게 가까이 와서 웃으며 작게 말했다. 지난밤에 내 가슴을 만지는 꿈을 꿨다고, 근데 꿈에서 내가 자기 머리를 주먹으로 내리쳤었다고. 그건 꿈이 아니었다.

언젠가 그 집 마당에서 다 같이 고기를 구워 먹다가 어머니

H와 숙모가 나에게 알 수 없는 화를 냈던 적이 있었다. 그때 나는 노란색 짧은 반바지와 흰색 민소매 상의를 입고 있었는데, 어머니 H가 산 옷이었다. (나는 내 옷을 고를 수 없었고, 골라 주는 것만 입어야 했다.) 어쨌거나 고기를 먹는데, 불판 맞은편에서 숙모와 어머니 H가 마임을 하기 시작했다. 무성 영화나 대사 없는 애니메이션의 한 장면 같았다. 왜 그러는지, 무슨 의미인지 모르겠기에 신경 쓰지 않았다. 나중에 둘 중 한 명이 나에게 와서, 상체를 숙일 때 가슴이 보이니까 조심하고 가려야 한다고 말했다. 그게 나에게 그렇게까지 화낼 일이었나? 내가 고른 옷도 아니었는데, 그럴 거면 다른 옷을 입혀야지. 어머니 H가 입힌 옷 때문에 나도 모르게 내 작은 가슴이 좀 보인 건, 왜 그들이 말도 못 해서 마임을 해야 하는 일이었으며, 내가 어머니 H에게 혼이 나야 하는 일이었을까?

오히려 옷을 꼭꼭 단정히 입고도 매일 같이 성폭행을 당했던 나는 정말 이상하다고 생각했다. 밤에 그 집에서 ─가 내 가슴을 만졌을 때는 아무도 뭐라고 하지 않았으면서.

시골집에서 —는 자주, 곤충을 잡아 잔인하게 고문하고 죽였다. 사촌 동생들도 그걸 봤다. 나는 그게 도저히 잘못되었다고 생각해서 어른들에게 말했다. 그러지 못하게 해 달라고. 어른들은 —가 장난감 총으로 매미를 쏘거나 돌로 잠자리를 짓이기고 토막 내는 걸 대충 쓱 보더니 "에이그... 왜 그러니 하지 마라~" 한마디 하시고 바로 어른들끼리의 대화로 다시 돌아갔다. 관심 없고 귀찮다는 뜻이었다. 혹은, 나에게는 그 장면이 그런 잔혹함을, 재미로 약한 생명을 괴롭히는 걸 허용하는 공동체라는 의미로 해석되기도 했다. —는 계속 곤충을 잡아서 다양한 방법으로 천천히 죽이고 "놀았고," 나는 그걸 막는 걸 포기했다. 어린 사촌을 그네 의자로 데리고 가서 옛날 동화 이야기를 해 주었다.

쓰러짐

어머니 H와 아버지가 친척집에서 하루 자고 오겠다고 말했
다. 나는 평소와 다름없이 내 방에서 강간당하고 잠들었다.
다른 건 뭐였냐면 —가 원래는 강간한 후에 자기 방으로 돌
아가서 잤는데, 그날은 내 침대에서 잤던 거다. 그리고 어른
들이 예정과 다르게 새벽 일찍 집에 왔다.

갑자기 화난 목소리가 들렸고, 불이 켜졌다. 어머니 H가 당
황스러워하고 추궁하고 있었다. 나는 벌떡 일어났다가 눈앞
이 흐려지면서 쓰러졌다. 속이 안 좋았고 온몸에 식은땀이
났다. 화장실로 기어갔다. 옷을 입은 채로 설사를 지렸고 토
했다. 얇은 타월 재질로 만들어진 칠부바지였다. 어머니 H는
왜 그러고 있었는지 설명을 해 보라고 했다. 나는 횡설수설
하며 말을 지어냈다. 내가 그때 지어냈던 말들은 말이 안 되
었다. 나와 —는 평소에 사이가 좋지도 않았고, 다정하지도
않았고, 같이 자겠다고 한 적도 없었다. 가끔 가족이 다 같이
잤던 거실에서도 나는 가능한 —와 가장 멀리 떨어진 자리를

골랐다. 그런데 그때 나는, 잠이 안 와서 내가 같이 자 달라고 했다고 거짓말했다. 내가. 제발 좀 알아차려 줬으면, 윽박지르지 말고 나를 따로 불러서 천천히 안전하게 내가 고개를 끄덕일 수 있게 해 줬으면 좋았을 텐데. 아버지가 어머니 H에게 그만하라고 했다. 상황이 종료되었다.

어머니 H와 아버지가 그들의 방으로 자러 간 후에, ─가 한심하다는 듯한 표정으로 나에게 와서 작게 말했다. "연기 할 거면 XX하지 말고 제대로 해라."

211

7

"큰엄마는 왜 이혼 안 해요?"

"어머, 내가 잘못한 게 없는데 내가 왜 내 집과 가족을 떠나
겠니."

고등학교

봄이에게,

봄이야 잘 지내? 글을 쓰다가 네 생각이 났어.

고등학교 1학년 때. 내가 기숙사에 울면서 들어온 날, 무슨 일인지 물어봐 줘서 고마워. 진심으로 걱정하며 물어봐 줘서, 그리고 이야기 들어 주고, 나 대신 많이 분노해 줘서, 고마웠어. 우는 애한테 진심으로 마음 쓰기 쉽지 않은 곳이었는데. 덕분에 학교 다니는 동안에도, 졸업하고 나서도, 그때의 기억이 의지가 됐어.

넌 정말 대단한 사람이야. 어른이 되고 나서 나는 강하고 좋은 사람이 되고 싶다고 생각했는데, 너는 이미 그런 사람 중한 명인 것 같아.

네가 화나 하면서도 나를 굉장히 답답해했던 기억이 나. 그랬을 것 같아. 얼마 전에 아는 동생이 직장 상사에게 성폭행당했었다고 나에게 말했을 때, 나도 정말 많이 분노하고 답답해하고 울었거든. 걔도 그 순간에도 이후에도 아무것도 하지 못하고 무기력했어. 나는 그 애를 사랑해서 너무 마음이 아팠고,

(그때 네가 준 불같은 마음이 내 안에 아직 따뜻하게 남아 있어. 이제 그 동생에게도 불씨가 전해졌을까?)

성폭력에 대한 책을 쓰고 있어. 한동안 돌아다니다가 요즘은 김해에 머무르는 중이야. 너 시간 되면 부산에서 얼굴 보면 좋겠다. 내가 밥이든 술이든 한 번 살게.

너와 함께한 고등학교 시절은 즐거웠어. 지금도 가끔 떠오르면 웃음이 나. 너와의 기억 속에서 나는 앞으로도 배울 점이 많을 거야.

216

217

같은 반이었던 친구들에게,

너희들 대부분은 아마 무언가를, 뭐든지 간에, 열심히, 잘, 하러 온 학교였을 거야. 그래서 아마 수업 시간에 자꾸 졸고, 학교생활에 무기력해하고, 뭔가 잘못되어 보이던 나를 얼마큼이든 간에 불편해했을 것 같아. 사실 나는 그때 너무 힘든 시기였고, 공부 하러 라기보다는 집에서 기숙사로 도망치러 간 곳이었다고 말하면 핑계가 될까? 억지일까? 하고 싶은 말은, 내가 그때 너네에게 일부러 피해를 주거나 수업 분위기를 나쁘게 해치려고 그런 건 아니었는데. 미안해. 그리고 고마워. 선생님들이 맨날 쟤 좀 깨우라고 할 때마다 인내심을 갖고 인도주의적인 방법으로 깨워 줘서. 또, 때로는 그저 푹 잘 수 있도록 내버려둬 줘서. 너네는 다 잘 살 거야. (우리 다 잘 살자.)

나는 기숙사가 있는 고등학교에 진학했다. 어떻게든 집을 벗어나야, 혹은 집을 찾아내야 (둘은 동의어다) 했다. 중학교 3학년 때 가출하고 찾아가서 잤던 친구 집을 통해 나는 따뜻함과 안전함을 느낀 적이 있었는데, 그건 내가 태어나서 처음 느껴 본 감각이라고 분류할 만큼 충격적이었다. 도망친 곳에 낙원은 없다지만 그건 낙원의 정의에 따라, 그리고 무엇으로부터 도망치느냐, 그리고 그 결과 무엇을 찾게 되었느냐에 따라 다르다. 적어도 학교와 기숙사는 나에게 집보다는 덜 숨 막히고 덜 폭력적이고 어머니 H도 —도 없는 곳이었다. 대신 훨씬 더 좋은 소중한 친구들을 만났다. 그 정도면 나에게 충분히 낙원이었다. (나는 앞으로도 필요하다면 얼마든지 도망칠 것이다. 이제 돌아갈 곳도 있고, 돌아올 곳을 만드는 법도 안다.)

그런데, 성폭행범은세상에 —만 있는 게 아니었다. 다니던 작은 학원의 남자 강사도 나를 성폭행하기 시작했다. 그걸 어떻게 멈출 수 있는지 나는 알 수 없었다. 그저 불안해하고 기도하며 학원에 가서 성폭행당하는 일이 반복되었다.

학원을 끊었지만, 그 과목 성적이 뚝 뚝 떨어졌다. 학원 다닐 때 쓰던 교재를 못 쳐다보겠기에, 다 쓰레기통에 버리고 다른 출판사에서 만든 문제집을 다 새로 샀다. 그래도 그 시기에 공부한 단원만 펼치면 속이 울렁거리고, 그러다 억울해지고, 미친 듯이 억울해지고, 화가 치밀었다. 화가 너무 나고, 아무리 생각해도 모든 게 이해가 안 되고, 그러다가 어느 정도를 넘어서면 퓨즈가 나가듯이 툭, 잠이 쏟아졌다. 수업 시간에, 쉬는 시간에, 야간자율학습 시간에, 책상에서, 보건실에서, 나는 계속 생각하다가 답을 못 찾다가 잠들었다. 밤에는 주위가 고요해져서 생각이 더 선명하고 길고 날카로워졌다. 그래서 어둠 속에서 진정되지 않았다. 사람들이 너는 밤에 안 자고 낮에 존다고 뭐라고들 했다.

중학교 때까지는, 수업 시간에는 가끔 졸아도 시험지를 받아드는 순간만큼은 눈에 불이 붙었다. 나는 우등생인 편이었고 그런 내가 좋았다. 시험 치는 날, 나는 마치 전쟁터 최전방에서 달려 나가는 특전사 군인이나, 먹잇감을 향해 전력 질주하는 치타처럼 온몸의 신경이 다 깨어났다. 한 문제라도 더 맞히고 한 문제라도 덜 틀리기 위해. 할머니 빼고 집에서 내 성적표에 만족하는 사람은 없었지만, 친구들이 "우와"해 주었다. 나도 내 시험지에 빨간 볼펜으로 동그라미 치는 느낌이 좋았다. 부으. 부으.

그런데 고등학교 2학년쯤부터는, 시험을 치는 그 순간조차 깨어 있는 게 어려워지기 시작했다. 시험지와 답안지를 받는 것도 잘 기억나지 않는 채 잠들어서, 맨 뒷자리 애가 답안지를 걷으러 올 때 깨 황급히 이름만 적어 낸 적이 있었다. 그래도 나는 계속 노력하려고 노력했고, 조금 졸다가 깨면 집중해서 더 빨리 문제를 풀려고 했다. 아는 데까지만 풀고 모르는 문제도 몇 번이 적은지 앞뒤로 무슨 숫자가 있는지 뭐랑 뭐 중에 헷갈리고 뭐는 절대 아닌지 시험 시간의 끝까지 반복해서 시험지를 계속 반복해서 읽어 보고 끝까지 최선을 다하려고 노력했다. 그런데, 잠에 드는 건 어떻게 할 수가 없었다.

어떤 선생님은 내가 이름만 겨우 적어 낸 빈 답안지를 보고, 나를 무례한 날라리 양아치 보듯 보며 화를 내셨다. 나를 걱정해서라기보다는, 내가 그 선생님이나 그 과목을 존중하지 않아서 일부러 그랬다고 생각하신 것 같았다. 그게 아닌데. 나는 아무 말도 못 했다. 억울해서 눈물이 나고 몸이 아팠다. 그날 시험을 다 치고 오후 내내 저녁도 안 먹고 보건실 침대 구석에 없는 듯이 납작하게 누워 울다 잠들었다. 나중에 나를 찾으러 오신 담임 선생님이 깨워서 뭐 그런 걸 가지고 우느냐고 머리를 가볍게 쓰다듬어 주셨다.

그러니까 성적표는 처참해졌다. 그래도 고등학교 1학년 때까지는 "맨날 조는데 성적은 잘 받는 이상한 애, 머리는 좋은데, 쟤 공부 잘한다니까?" 였는데. 어느 과목은 쳐도 볼 수가 없게 되고, 시험 시간에 깨어 있을 수도 없게 되니까, 정말로 어떻게 할 수가 없어졌다. 상황이 18살이 혼자 뭘 노력해서 되는 선을 넘어갔다. 난생처음 보는 숫자의 성적을 받았는데, 하루는 그게, 이상하게 편안하게 느껴지기도 했다. 물 위에 계속 떠 있으려고 허우적거리다가, 아예 바닥까지 가라앉고 나니까 그 이상 더 내려갈 곳도, 파도도, 물거품도, 아무것도 없었다. 밤처럼 조용하고 깊은 물이 가만히 나를 안아 주었다.

225

어느 날은 집에 갔다. 집이 아직 남아 있었고, 내겐 달리 갈 곳이 없었기 때문이다.

민트 사탕을 한 개 받아먹었을 뿐이었다. 나는 연분홍색 세로줄 무늬 잠옷과 마찬가지로, 손바닥 반 만 한 플라스틱 통에 든 그 손톱만 한 민트 사탕을 지금까지도 역겨워한다.

그날은 내 몸이 우는 걸 할 수 있었다.

—는 내가 울자 대충 구긴 휴지를 쓰레기통에 버리듯, "미안", 한 단어를 방문에 떨어트리고 나갔다.

세계가 한 번 뒤집혔다. 그전까지도 '안 그러겠지. 그러다 말겠지. 그게 잘못된 거라는 걸 누가 몰라.' 하던 생각은 '끝나지 않는구나. 점점 심해지는구나. 다 똑같고, 왜. 처음에는 손잡고, 이렇게 시작해서, 왜 아무도…'로 바뀌었다.

'저 XX를 어떻게 X 되게 할까,' 생각했다. 가방에 문구용 칼이 있었다. 나는 내 힘으로 당장 —를 죽이는 것이 불가능하다는 걸 알았다. 그러면 '내가 지금 여기서 나를 죽인다면. 내 피와 시체는 ―를 벌할 수 있을까? 어른들이 ―가 나를 죽였다는 걸 알게 될까? ―가 비난받거나, 죄책감을 느끼거나, 자기가 무엇을 얼마나 잘못했는지 깨닫고 뉘우치게 될까?'

그때 안방 화장실에서 콰르르 변기 물 내려가는 소리가 들렸다. ―는 그동안 안방에 가서 노트북으로 포르노를 틀어 자위한 것이었다.

'아. 내가 죽어도 아무것도 달라지지 않겠구나.'

모든 집이 없어지기 시작했다.

중학교 때까지는 애들이 가족에 대해 별 말 안 하거나 모두가 아무 문제도 없는 척을 했던 것 같은데 고등학교에 오니까 애들이 내 눈에 크게 두 부류로 보이기 시작했다. 집에 가고 싶어 하는 애들과, 집을 욕하고 싫어하는 애들, 그렇게 말이다.

학교에 있어야 하는 시간이 길어지면서 "집에 가고 싶다.", "엄마 보고 싶다." 말하는 애들이 생겼다. 그런 애들은 반에서나 복도에서나 모두가 들어도 괜찮은 목소리와 표정으로 말한다. 그리고 어떤 애들은 그보다는 조금 더 친해져야 이야기를 들을 수 있다. 나에게만 들리게 가까이 와서 "집 X나 가기 싫다.", "죽을 계획을 세웠다.", "~가 …했었다." 한다.

하루는 엄마를 보고 싶어 하고 매일 집에 가는 애가, 집 없어서 엄마가 학교로 나 보러 온 걸 부러워했다. 나는 어차피 곧 그 어머니도 보고 싶지 않게 될 거였지만, 그 친구에게 제때 설명을 하지 못해서 한 번인가는 울어야 했다. (한 번이면 충분해서 그 뒤로는 울지 않았다.) 한참 부러워 하고 나니까 부러운 마음이 점점 사라졌다. 부러워해서 내가 뭘 얻고 싶은

지도 생각 해 보니까 '어머니'는 아니었다. '가족'도 아직 내가 감당할 수 없었다.

친구와 친한 언니를 원한다는 걸 깨달아서 많이 만들었다. 아주 많은 건 아니었지만, 몇몇과는 정말로 진솔하고 깊어질 수 있도록 노력했다.

어떤 선생님은 부모님의 이혼과 재혼이 아이에게 일어날 수 있는 가장 끔찍한 일이라고 믿었다. 하루는 자습 시간에 졸다가 엎드려 자던 나를 그날의 감독 선생님께서 깨워서 복도로 따라 나오라고 말했다.

"너는 네가 세상에서 제일 불행한 줄 알지? 내가 예전에 담임 맡았던 반에는…"

선생님이 화난 표정으로 뜸을 들였다. 온 얼굴에 힘이 들어가 있어서 파르르 떨리기까지 했다.

"… 아버지 성이랑 성씨가 다른 애도 있었다."

그게 무슨 말인지 감히 짐작이나 가냐는 표정이 되었다. 나는 자다 깨서 생각하느라 잠시 멍했다. 지금에야 어머니 성을 따르는 사람도 있지만, 그때는 거의 없었다. 그러니까 그 말은 아마도, 그 선배가 태어나서 자라는 과정에 아버지가 한 번 이상 바뀌었다는 걸 의미하는 것 같았다.

"네…"

이 얘기를 집 싫어하는 친구에게 말해줬더니 깔깔깔 웃었다.

그 선생님을 비난할 마음은 없다. 분명 나 잘되라고 그러셨을 것이다. 나는 그냥 그 선생님이 귀엽고 바보 같다고 생각했다. '그게 그렇게 무서운 일이면 성폭력을 들으면 아마 기절하실지도 모르겠네.' 그 선생님은 학교에서 가장 무섭기로 소문 난 선생님이셨다. '그분이 그런데, 다른 선생님은 어떻겠어?' 말하자면 나는 선생님들을 지켜 드린 셈이다.

추측건대, 그 선생님은 나중에 아마 내 가정 조사 종이를 본 것 같다. 매년 학기 초에 가족 구성원들의 이름과 나이, 학력이나 직업 등을 적어서 내는 그 종이 말이다. 내가 이렇게 생각하는 이유는 그 일이 있고 나서 얼마 후, 나는 아무것도 안 했는데 그 선생님이 나를 보는 눈빛이 어느 날 갑자기 180도 달라졌기 때문이다. 원래는 주로 화난 눈빛이었는데, 나중에는 나를 못 본 척, 모른 척하는 눈빛에 가끔 불쌍해함이 뒤섞이며 스쳤다. (아니면 말고. 내 눈엔 그렇게 보였다는 거다.)

그때까지 나에게 어머니는 두 분 계셨는데, 1학년 종이와 2학년 종이에 각각 다른 두 분을 적어 냈다. 자라면서 내 마음도 달라졌기 때문이었다. 3학년 때는 (없음)이라고 썼다.

정말이지 나에게 그런 건 아무 문제도 아니었다. 그 선생님은 그 후로 또 나를 복도로 불러내거나 불행과 가족에 대해 이야기하지는 않으셨다.

어른들에게 아직 말을 안 했을 때는 나를 사랑한다고 평생 지켜 주겠다고 한 그들을, '내가 말을 안 해서 그래. 말을 하기만 하면...' 환상 속에서라도 믿을 수 있었는데. 내가 실제로 말을 했을 때, 그 모든 환상이 다 무너지기 시작했다.

어머니

어머니 J는 내가 그가 다니는 종교 시설에 함께 가기를 원했다. 차를 타고 가다가 길에 같은 성별을 가진 두 사람이 가까이 서 있기만 해도 동성애자라며 욕을 했다.

어머니 H는 사춘기인 나에게 몸이 드러나는 옷과 색조 화장을 입히고 (하지만 내가 스스로 화장했을 때는 학생이 뭐 하는 짓이냐며 불같이 화냈고 나는 그런 이중적인 태도가 이해가 가지 않았다) 불편한 신발을 신겨, 어른들 앞에서 억지로 웃고 그들을 껴안고 뽀뽀하게 했다. 내 머리를 만지며 인형이라고 부르며 웃었다. 나는 그게 사랑한다는 뜻인 줄 알았다. 커서는 어머니 H가 가끔 포주처럼 느껴졌다. 하지만 그건 그의 잘못만은 아니었다. 그가 포주였다면 나에게 예쁘다하며 돈을 쥐여 주고 어머니 H를 칭찬하고 즐거워한 다른 모두는 구매자였기 때문이다.

어머니 J는 커다래진 지 오래인 나를 틈만 나면 자기 무릎에 앉히고 아기라고 부르며 요람처럼 흔들어 댔다. 그렇게 할 때 나는 몸을 웅크려야 했다.

어머니 H는 내가 아파서 싫다고 했는데도 날 목욕탕에 데려가서 바닥에 눕혀 놓고 때수건으로 벅벅 문질렀다. 우리 집은 매일 따뜻한 샤워를 할 수 있었으니까 그럴 필요가 없었다. 나는 눈물이 났고 무기력해졌다. 몸의 감각과 마음, 감정 사이에 연결고리가 또 망가졌다. 아토피가 생겼다. 어머니 H는 내 피부가 지X이라고 나를 욕했다.

어머니 J는 내 여드름 짜기를 좋아했다. "더러운 벌레 잡아야 한다"고 했지만, 내가 보기에는 제대로 된 도구를 갖추거나 기본적인 소독도 하지 않았기에, 그냥 혼자 재미있자고 하는 거였다. 여드름은 더 심해졌다.

어머니 J는 나에게 아토피에 좋다는 것들을 구해다 주었고, 어머니 H는 내 얼굴에 여러 가지 팩을 해 주었다.

어머니 H는 "여자애가 공부 잘해서 뭐 하냐?"는 말을 하면서도 내가 시험에서 틀린 문제 개수만큼 나를 때렸다. 다른 어른들 앞에서는 꼭 수줍은 듯 호호 웃으며 "저는 공부 하라고 안 시켜요. 애가 좋아서 알아서 하지."라고 말했다. 오락가락은 해도 새벽에 공부하는 나에게 가끔 과일을 잘라 주기도 했고, 고등학교 입시를 거의 포기할 뻔했을 때는 강경하게 끝까지 하게 만들기도 했다.

어머니 J는 나를 때린 적은 없었지만, 기회를 많이 주지도 않았다. 내가 처음으로 어떤 걸 배우고 싶다고 했을 때 그는 나에게 용품들을 사 주고 수업을 등록해 주었지만, 내가 수업을 한 번 빼먹자 "그런 식으로 할 거면 하지 마"라며 모든 걸 취소했다. 두 번째로 무엇을 배우고 싶다고 했을 때는 일단 그 분야의 아무 공모전 같은 데에서 상을 타 오면 그때 배우게 해 주겠다고 했다. 나는 아무것도 부탁하고 싶지 않아졌다.

어머니들은 두 분 다 경제적으로 그의 남편의 돈에 의존했거나 가끔 저임금 노동자였다. 남자들은 구조적으로 돈을 더 잘 벌었다. 남편이 돈을 주는 한 그들은 가난하지 않았지만,

237

그 돈은 누구의 돈인지, 언제까지 지속될지 때로 모호하고 불안정했다. 어머니들은 가사노동과 돌봄노동에서 자유롭지 않았는데, 그런 종류의 노동은 노동 강도보다 언제나 평가절하되었다. 그들은 자신보다 약하고 애착 없는 사람의 속옷과 양말을 빨래하는 일에 종종 불쾌감을 드러내었다.

어머니 J는 목욕탕에서 서서 샤워하다가 근처에 있던 사람이 물을 튀겼다며 화를 내고 그 사람을 쏘아붙였다. 내가 보기에 그분은 그냥 자신의 샤워를 하러 온 평범한 사람이었고, 고의로 물을 뿌린 것도, 심각한 수준으로 피해를 준 것도 아니었다. 어머니 J는 가끔 그렇게, 덫에 걸려 다친 야생동물처럼 성을 냈다. 정작 진짜로 화를 낼 만할 때는 아무렇지 않거나 이상할 정도로 차가워 보였다.

시험 기간이 끝난 지 얼마 안 되었던 어느 날 하루는 어머니 J가 성적표를 보여 달라고 했다.

나는 어른에게 성폭행 피해를 말해야겠다고 생각한 적이 없었는데, 그가 성적표를 보여 달라고 했고, 내 성적이 왜 이렇게 떨어졌는지 물어봐서, 긴장한 내 입에서 그만 계획도 준비도 없던 말이 툭 하고 떨어졌다.

"사실은..."

내 말을 듣고 어머니 J는 코를 치켜들거나 고개를 느리게 흔들며,

- "그건 네가 성폭행을 당해서가 아니라 공부를 안 해서야."
- "그래서 그랬구나. 나는 네가 이상하길래, 큰아빠나 외삼촌인 줄 알았는데."
- "어릴 때 스트레스 많이 받으면 젊어서 일찍 암에 걸린다더라."
- "남자들이 처녀가 아닌 걸 알면 더 쉽게 보고 들이댄다."

(이 문장들을 여러 날에 걸쳐 각기 다른 맥락에서 말한다. 나에게 그 장면들은 부서지고 뒤섞여 순서가 모호하다. 이어지지 않고 단절된 생각들이 둥둥 떠다닌다. 문장과 생각은 서로 달라붙지만, 그 바깥에서의 자리는 찾지 못한다.)

나는 화나기도, 슬프기도, 억울하기도, 배신감을 느끼기도 했다.

엄마 놀이는 하고 싶은 대로 다 하고.

그는 내가 성폭행 피해를 당했을지도, 혹은 당하고 있을지도 모른다는 것을 짐작했으면서 아무런 조치도 취하지 않았다.

그는 내 마음에는 관심이 없는 것 같았다. ("왜 그런 일을 당한 거야?") 그가 신경을 쓰는 것은 오직 내 성적표와 무언가를 자랑하는 것뿐이라는 생각이 들었다. ("엄마 아는 사람 중에 아주 높은 계급의 경찰이 있어.") 그는 나에게 달갑지 않은 질문들을 해댔고, 가해자들을 처단하고 싶어 했는데, 그건 나를 위해서라기보다는 본인의 어떤 만족을 위해서에 더 가깝다는 느낌을 받았다.

(내가 원한 건 그런 게 아니었다. 여태 사람을 잘못 봤고, 내가 절대 그에게서 얻을 수 없는 걸 기대하고 있었다는 걸 깨달았다.)

하루 종일 열이 펄펄 끓었다. 불 꺼진 어두운 보건실 침대에 누워 악몽을 꾸다가 깨서 울다가를 반복했다. 어느 몇 번째 악몽에서 깼는지 아직 꿈속이었는지 의식과 무의식의 침침한 경계에서

흐릿하게

[다시는 연락하지도 찾아오지도 마세요.]

를 보내고 다시 무거운 곳으로 빨려 들어갔다. 내가 그 문자를 현실에서 보냈는지 꿈속에서 보냈는지가 계속 확실하지 않았다. 열이 조금 내리고 잠에서 깬 저녁, 발신 메시지 함을 확인했다. 현실에서 보낸 게 맞았다. 답장은 오지 않았다.

제때 바로 치료되지 않아 잘못 아문 상처, 그 무기력. 어쩌면 어머니 J도 생존자일 수 있겠다고 생각하게 된 건 내가 어른이 되고 나서도 한참 뒤였다. 자신의 상처가 다루어진 방식이 잘못되었다는 걸 인지하기 시작하면, 그걸 다시 째야 하거나 자신의 흉터가 잘못되어 보였기에, 그리고 자신과 상처와 흉터 그 셋을 구분하는 일은 어렵기에. 하지만 자신의 잘못 아문 상처는 틀리지 않았다고, 그러니까 그래서... 자신이 옳다고 주장하고 믿기 위해서, 남의 상처를 자신의 흉터 모양으로 조각하며 살아가는 사람.

할머니는 한 번씩 나에게 어머니 J가 똑똑한 사람이었다고 말했지만, 내가 보기에는 그냥 평범한 사람이었다.

그는 내가 어릴 때 우울했는데, 이제는 새로운 가족을 만들었고, 속할 공동체도 찾았다. 나도 마찬가지다. 우리는 서로 없이 더 잘 산다. 오랫동안 다른 환경에서 자랐고, 상반되는 가치관을 많이 가지게 되었고, 서로를 더 이상 필요로 하지도 원하지도 않는다.

아버지

아버지는 60년대 후반생이다. 1녀 3남 집안의 막내아들로 사랑은 많이 받고 자랐지만 내 생각에는, 문제를 대화해 내는 기쁨은 많이 누리지 못했다.

아버지의 어머니, 나도 생의 초기에는 그에게서 주로 길러졌다. 이 세상 누구보다도 사랑이 많은 사람이다. 하지만 할머니는 힘든 삶을 살아 온 반면에 그걸 언어로 만들 수 있는 축복은 받지 못하셨다. 할머니는, 천천히, 읽고, 쓸 수 있었는데, 그건 할머니 가까이 있는 할머니들 중 가장 많이 교육받은 축에 속했다. 너무나 이해하기 어려운 현실을 회피하도록 만들어진 그의 습관을 나는 이제 이해한다. 그래도 할머니는 유머와 웃음과 춤과 노래를, 소중한 눈물을 삶에서 버리지 않으셨다. 이 글을 쓰는 지금, 할머니의 나이는 아흔에 가깝다. 할머니는 가장 어린 사람을 편애하니까, 아버지도 편애 받고 자랐을 것이다.

할아버지는 군인이었다. 어쩌면 전쟁터에서 적군을 죽였을 것이고, 그 후에는 선글라스를 끼고 오토바이를 타고 종종 큰 소리를 냈지만, 나는 할아버지가 누굴 해치는 걸 본 적 없다. 아버지는 어릴 때 아버지의 아버지가 식구들에게 폭력적이고 무서워서 자주 도망치고 숨었던 이야기를 웃으며 해 줬었다. 아버지는 내가 4살이 될 때까지도 할아버지가 무서워서 울었고, 할아버지가 돌아가실 때도 많이 울었다. 나는 아버지가 평생 겁내던 아버지의 아버지를 겁내지 않고 무력화시킬 수 있는 (집안에서 유일한) 사람이었고, 책에 둘러싸여 자라는 혜택을 입었다.

(내가 언제나 이걸 다 이해하고 있었던 것은 아니다. 이해하지 못할 때도 있었다는 말이다. 아직 다 이해하지 못했을 때,)

아버지는 늘 평생 나를 지켜 주겠노라고 말했다. 나는 그 말이 꼭 (너도 나를 평생 지켜 주면 좋겠어, 나도 지킴 받고 싶어.)로 들리기도 했다. 그래서 우리는 서로를 지켜 주었다. 내가 실수로 유리를 깨면 아버지가 치워 주었고, 아버지가 울면 내가 "괜찮아"하고 안아 주곤 했다. 아버지는 돈을 벌고 밥을 해 주고 나를 치과에 데려갔고, 나는 "사랑해요", "키워 주셔서 감사합니다" 등의 말을 하고 밥을 잘 먹고 아버지를 할머니 집에 데려갔다. 아버지는 나를 간지럽히는 한이 있어도 웃겼고, 나는 책 읽고 이야기하고 편지 썼다. 어머니들과는 어릴 때부터 같이 살다가 따로 살다가 해서 그게 익숙해졌고, 아버지와는 늘 같이 자랐고 그게 당연해졌다.

할머니는 흙길 작은 마을에서 농사짓고 찬물에 손빨래하면서 자랐고, 아버지는 다 자라서 컴퓨터와 인터넷이 생겨났다. 나는 아스팔트 포장된 길 위로 차 타고 영어학원 다녔고, 아주 어릴 때부터 집에 컴퓨터와 인터넷이 있었다.

세상이 점점 더 빠르게 변했다. 할머니는 컴퓨터, 영어 둘 다 못 하고 아버지는 영어는 잘 모르지만, 컴퓨터는 잘 안다.

어른 중에 아무도 알아차리지도, 이해하지도 못하는 복잡한 문제가 생기기 시작했다. 내가 더 자라서 문제를 이해 혹은 해결해 보려고 하면 문제도 같이 자라서 더 빨리, 내가 더 빨리, 끝없는 달리기 시합을 하는 것 같았다. 그런데 또 그걸 들키면 도움을 받는 게 아니라 내가 설명까지 해야 하고 안 그래도 바쁜데 그럴 시간은 없으니까 내가 해야 할 일만 더 늘어서 결국 방해가 될 뿐이라고 생각했었기 때문에. 나에게 삶은 그러니까 때로, 자주, 장애물 달리기 시합이었다.

어른들은 세상이 좋아졌다고 자주 말했다. 그건 그들의 삶이 좋아졌다는 뜻이었다.

그때까지 어떤 작은 세상은 아직 계속 나빠지고 있었다.

아버지는 영업하고 판매하는 일, 그의 사업으로 가족을 먹여 살렸고, 세상의 아름다움을 노래하고 춤추기 좋아했다. 내가 나의 트랙에 놓인 장애물을 보여주자 그는 "세상은 안 그렇다, 세상엔 좋은 사람들이 많다"고 외치기 시작했다. (술에 만취한 채로 새벽에 전화를 해서라도 말이다. 나는 그의 번호를 차단했고, 제발 새벽에 전화 좀 하지 말라고 어른이 되고 나서도 몇 년 동안 여러 번 문자를 보냈다.)

아버지에게 내가 어쩌다가 피해를 말하게 되었는지는 잘 기억나지 않는다.

그건 상담이 아니었다

아버지에게 심리 상담을 받고 싶다고 말했다. 학교 마친 어느 날 아버지가 차에 나를 태우고 어디로 데려갔다. 문을 열고 들어가자 한 사람이 보였다. 그 사람은 아버지와 나를 둘 다 앞에 앉으라고 했다. 그리고 질문하기 시작했다.

"어떤 일로 왔어요?"
"학원 강사로부터 성폭력을 당했어요."
…(중략)…
"그런데 어릴 때 친오빠에게도 성폭력을 당했었어요."

나는 그 말을 하고 내가 깜짝 놀랐다. 옆에 아버지가 있었다. 1초 만에 빠르게 생각했다. 그는 남이 그의 딸을 성폭행한 것에 대해서는 분노하고 있었다. 하지만 남이 아닌 그의 아들도 나에게 성폭력을, 남보다 더 오랫동안 더 심하게 했다는 걸 받아들일 준비는 되어 있지 않은 표정이었다. 나는 그런 아버지의 이중적일 태도를 제정신으로 받아들일 준비가 되어 있지 않았다. 나는 말을 주워 담아야겠다고 판단했고, 헛소리를 조금 해서 해당 주제를 급하게 무마시켰다. (이것에 대해서는 뒤에서 따로 더 이야기하겠다.)

'그런데 상담이 보통, 내가 같이하겠다고 말하지 않은 이상, 보호자를 옆에 앉혀 놓고 시작하는 게 맞나?' 이상하고 불편하게 느껴지기 시작했다. 나는 아버지에게 혼자서 하고 싶으니, 밖에서 기다려 달라고 말했다.

내 앞에 앉은 사람이 타로 카드를 꺼내어 뒷면이 보이게 책상에 일렬로 주르륵 펼치더니 한 장을 뽑아 보라고 말했다.

"아… 저는 타로 안 믿어요."
"그러면 별자리는 뭘까요?"

나라고 잘 아는 건 아니지만, 이 사람은 돌팔이가 틀림없다는 직감이 강하게 왔다. 꼭 타로와 별자리 때문이라기보단, 그가 내가 불편해하고 있다는 걸 전혀 알아차리거나 신경 쓰지 않았고, 결정적으로 내 말을 듣고 있지 않았기 때문이다.

대화 자체가 되고 있지 않았다. 그는 자기 할 말만 하고 있었다.

"저는 사주, 타로, 별자리 다 믿지도 않고 좋아하지도 않아요."
"너, 내가 저 자격증 다 따는 데 돈을 얼마나 들였는지 아니?"

그가 벽에 걸려 있는 액자에 담긴 문서들을 가리키며 말했다. 내 직감은 이제 확실한 사실이 되었다. 그 자격증들이 뭘 증명하고 이 사람이 거금을 들여서 뭘 배운 건지는 모르겠지만, 그건 심리학이 아니었고 그 사람은 상담사가 아니었다. (점성술사라고 부르자.) 더 이상 그 자리에 앉아 있을 이유가 없었다.

나는 다행히 그곳에 두 번 다시 가지 않을 수 있었는데, 짧은 기간 사이버 스토킹에 시달려야 했다. 그 점성술사는 나에게 끊임없이 메시지와 톡을 마구 보내댔는데, 화냈다가 빈정거렸다가 집착했다가 했다. 나는 내가 어른의 연락을 무시하고 차단해도 되는지 며칠 고민 해 보았다. 그래도 되겠다는 결론이 났다.

모든 기억에 세로로 불이 붙었다

학원 강사가 나를 성폭행하면서 했던 말 "내 딸 해라"는 것. 이 사회에서 딸은 도대체 무슨 역할이고 의미인가? 딸과 아버지의 관계가 그런 의미인 거라면, 내 아버지가 나를 성폭행하지 않을 거라는 보장은 도대체 어디에 있지?

—가 나를 강간할 때 "사랑"한다고 했던 말. 이 사회에서 사랑은 또 대체 무슨 의미인 거야? 누가 나를 사랑한다고 말하면 나는 그걸 무슨 뜻으로 받아들여야 하지? 아버지가 사랑한다고 말하는걸? 흔히 가족의 사랑은 다른 범주로 분류한다고 하지만, 나는 —를 가족으로 분류해야 할지, 아버지도 가족이면 —와 무엇이 다른 건지, 다른 사람들도 다 이렇게 사나? 친족에게 강간당하고 친족을 강간하고 그것을 마치 이혼과 재혼을 숨기는 것처럼 말 안 하면서?

아버지는 그의 아들이 나를 성폭행한 것에 대해서는 분노하지 않을 작정이었다.

"아이들 장난"이라는 말은 내가 먼저 꺼냈다. 그 말을 뱉은 직후에 그건 장난이 아니었고, 내가 장난이라고 생각 한 적도 없었지만, 듣는 사람을 믿지 않았기 때문에 방어적으로 튀어나온, 혹은 그저 세뇌된 단어라는 걸 깨달았다. 그건 절대로 장난이었던 적 없다. 나는 그들 (점성술사와 아버지) 이 어머니 J만큼이나 무지한 혹은 더 심한 사람들이라는 걸 직감했다.

나는 아직 아버지에게 많은 걸 의존하고 있는 고등학생이었고, 1부터 100까지 다 설명할 재간도 없었고, 더 배신당할 여유도 없었다. 나는 어떻게 해서든 논의를 빠르게 끝내야 했다.

금수저는 실패해도 다시 도전할 기회를 얻을 수 있지만 흙수저는 한 번 실패하면 그걸로 끝이라는 말이 있다. 우리 집은 경제적으로 가난하지 않았지만, 나는 정서적으로 가난했다. 내가 피해를 말하는 데에 실패하면 그 상처를 스스로 회복할 자원이 나에게는 없었다. 회복 탄력성도, 사회적 지지망도,

믿음도 없었다. 단 한 번이라도 실패하면 그러니까, 나는 나 혼자 미쳐 버릴 각오를 해야 했다는 거다. 그리고 내가 돈을 벌 능력이 있는 게 아니라 아버지에게 학비와 생활비를 의존하고 있었기 때문에, 잘못하면 나 혼자 미쳐 버리는 동시에 경제적으로도 언제든지 나 혼자 가난해질 수 있었다.

가족 외식 자리에서 내 옆에 앉았던 친척 어른이 내 가슴을 손가락으로 쿡 찔렀던 일이 기억났다. "가시나가 가슴이 크다"며. 초등학생이었거나 중학교 1학년이었다. 나는 —가 나를 내 방에서 매일 같이 강간하는 일에 비하면, 같이 살지도 않고 밖에 사람 많은 데서 가끔만 보는 어른이 그랬던 건 나에겐 상대적으로 아무 일도 아니라고 생각했다. (어머니 H도 나에게 그 문장과 정확히 똑같은 말을 자주 했다. 그 말에는 언제나 예찬과 경멸이 혼재되어 있었는데, 나는 그 두 개념이 어떻게 섞일 수 있는지 이해하지 못했다.) 사촌 한두 명이 바로 앞에서 목격하고 1초 만에 "미쳤나!", "요새는 그러면 안 된다!"라고 진심으로 화를 내 주었기에, 나는 심지어 그 상황이 신기하다고 느끼기까지 했다.

내 반대쪽 옆에 있던 아버지와 어머니 H는 아무렇지 않게 가만히 있었다. 그 순간에 못 봤다 하더라도, 사촌들이 그렇게 큰 소리를 냈는데. 근처에 있었으면서도 무슨 일인지 당신들은 궁금해하지도 않았다. 혹은 그것을 없는 일로 만들려고, 생각하고 싶지 않아서, 의도적으로 회피하고 무시했다. 나는 그들이 나를 보호하지 않는다고, 그의 가족이 나의 성을 침범하길 원한다면 그렇게 하게 둔다고 믿게 될 수밖에 없었다.

(아버지의 가족이 나를 강간하는 걸 그가 묵인한다면, 그 자신이 나를 강간하는 것도 그가 묵인 할 수 있다. 왜 안 되겠는가?)

—나 다른 가족들은 내가 지금부터 최대한 안 보려고 한다면, 잘하면 안 볼 수도 있다. 하지만 아버지가 내 학비를 내주고, 여기저기 데려다주겠다며 차에 타라고 하는데.

어머니 J가 했던 말. "남자들이 처녀가 아닌 걸 알면 더 쉽게 보고 들이댄다." 나는 처녀 신화를 믿지 않았지만, 만약 어머니와 아버지 세대 사람들에게 그게 정말로 중요한 미신인 거라면. 만약 나의 아버지가 예전까지는 내가 "처녀"인 줄 알아서 강간하지 않았던 거고, 이제는 그렇지 않다는 걸 알아서 나를 강간하려고 한다면. 나는 나를 어떻게 지킬 수가 있는 걸까. 책에서, 인터넷에서, 신문에서, 이미 사례들과 솜방망이 처벌과 잘못된 인식들이 너무 많은데,

… 그 순간, 나는 역사 속에서 미쳐 버린 수많은 여성들이 내 조상이라는 걸 알았다.

나는 성폭행을 당한 직후 몸을 씻지 않고 병원으로 가는 그걸 하지 않았다

'옷도 갈아입지 말고 그대로 가라고 하던데, 그러면 옷을 병원에 증거로 제출하게 되나? 그럼 난 기숙사에 뭘 입고 가지? 내일 학교는 뭘 입고 가지? 셔츠는 두 개, 치마랑 조끼는 한 개씩밖에 없는데. 그러면 빨래는 어떻게 하지? 체육복을 입을 나를 불량 학생이라고 혼낼 선생님들한테는 뭐라고 말해야 하지? 성폭행을 당해서 그러니까 새로 사기 전까지는 좀 봐 달라고? 병원은 뭐 어떤 병원을 가야 하는 거야? 응급실? 소아과? 내과? 산부인과? 가까운 아무 곳이나 가면 되는 거야?'

이 모든 건 내가 지금에서야 할 수 있는 생각이다. 그 당시에는 그저 울고, 엉엉 소리 내 울고, 왜 끝나지 않는지를 허공에 질문하고, 기숙사에 가서 씻고, 대여섯 명이 같이 쓰던 방에서 네다섯 시간쯤 쪽잠 자고, 학교 가기 바빴다.

병원 대신 서점에 갔다. 내가 어떻게 하면 좋을지, 나는 앞으로 어떻게 될지, 알려 줄 책이 있기를 바랐다.

몇 권을 사서 오랜 시간에 걸쳐 읽었다. 자꾸 읽다가

잠들거나

글씨가

눈에서

분리되었기

때문이다.

해바라기센터

그곳에 가자마자 벌어지기 시작한 모든 일들은 나의 지식이나 의지와 상관없이 어떤 방향으로 빠르게 흘러가는 컨베이어 벨트 같았다. 나는 내가 그때 신고, 고소 (그렇다 나는 아직 이 두 용어가 무엇이 다른지도 모르고 있다) 를 한 걸 후회하지 않는지 혹은 하는지 아직도 확실하지 않다.

아무것도 모르겠다.

어느 질문의 대답에 내가 책에서 읽은 어떤 단어를 쓰자, 내 앞에 앉은 어른들 얼굴의 곤란함, 혹은 복잡함이 스쳤다. 내가 무언가 잘못 말했나?

모두가 내가 신고하고 이기기를 바랐다. 나는 센터분들이 더 확실한 증거를 원한다고 느꼈다. 그들은 어려워하면서도, 나와 눈이 마주칠 때면 "이길 수 있어요!" 하고 확신에 찬 듯한 표정을 보여 주셨다. 하지만 나는 때로 내가 복잡한 사례라고 느껴졌고, 누가 무엇을 위해 일하는지 몰랐다. 나는 가끔 내 온몸에 피멍이라도 들어 있거나 당장 내 질 안에 가해자의 정액이라도 들어 있어서 모든 일을 더 쉽고 빠르게 만들 수 있으면 좋겠다고도 생각했다.

"컨베이어 벨트"라는 말을 썼지만, 그렇다고 그게 내가 내내 아무것도 모르는 채 무력하게 수동적이었다는 뜻은 아니다.

나는 그 벨트가 (그렇게까지 길고 험난하고 외로울 줄은 예상하지 못했지만,) 어디를 향하는지 어렴풋하게나마 알고 있었고, 중간에 내릴 수도 있었다.

그 끝에 있는 무엇.

나는 어머니들을 선택하지 않았고, 점성술사도 선택하지 않았다. 센터나 신고 또한 선택하지 않을 수 있었지만, 선택했다.

그러니까 그건, 내가 원해서 내린 결정이었고, 최선이었다고 믿는다.

(하지만 정말 힘들었다.)

(하지만…)

그때 만약 센터에 가지 않았거나, 고소하지 않았더라면, 내
삶이 과연 (얼마나) 덜 혹은 더 힘들었을까?

알 수 없다.

(어른들이 원하는 걸 나도 원하는 척 다 들어 주고 나야 내가 원하는 걸 얻을 수 있을 거로 생각했네.) 내가 원한 건 일상이었다. (언제가 마지막이었는지 잘 기억도 나지 않는) 잠을 충분히 잘 수 있는, 악몽을 꾸지 않는, 누가 나를 해치지 않는, 혹은 나를 해치려 하는 사람으로부터 내가 나를 보호하는 방법을 아는, 공부할 수 있는...

아버지가 열을 올리고 눈을 반짝였다. "나쁜 놈 벌줘야지!"

나는 속으로 생각했다. '아버지 아들은요?'

센터와 나는 그때 학원 강사의 성폭행 사건만을 다루었다. 누가 나에게 왜 거절이나 저항하지 않았는지 물었을 때, 나는 —에게 오래 성폭행을 당해 왔다는 걸 내 행동의 가능성 있는 근거 중 하나로 제시하긴 했지만, 센터도 나도 —의 성폭행 그 자체를 중심 주제로 두고 이야기한 적은 없었다. 그건 누구의 의지고 선택이었을까. 그 이유는 뭐였을까. 잘 기억나지 않는다. (그때의 나는 많은 걸 두려워 하고 있었다.) 지금의 나는 그게 아쉽기도 하고, 아닌가? 그게 최선이었던 거겠지.

그날의 말하기를 다 하고 나면 근처에 있는 정신건강의학과로 가는 길을 안내받았다. 한 번 가르쳐 주셨으면 그다음부터는 알아서 가도록 둘 법도 한데, 센터 선생님께서는 감사하게도 매번 나를 엘리베이터 앞까지 데려다주시며 몇 층으로 가서 어디로 어떻게 가라고 똑같이 반복해서 말씀해 주셨다.

도움이 되었다. 우울증과 고립은 나에게 일상적인 모든 걸 어렵게 만들었고, 무엇이 나를 돕는 선택인지 분별하고 실행하는 능력도 떨어뜨렸고, 그로 인해 느끼는 좌절감은 배가되게 했기 때문이다. (센터는 내가 무료로 병원 진료를 보고 치료를 받을 수 있게 해 주고, 나는 그런 의료 서비스를 내가 받아도 되는지 계속해서 의심한다. 내 존재가 미안함과 죄책감을 느낀다. 누구에게도 손해를 끼치고 싶지 않아 한다. 죽어서 없어지고 싶어 한다.) 살고 싶다는 생각이나 감사하다는 생각 따위는 몇 년 뒤에나 할 수 있게 된다.

정신과를 처음 가 보았다. 정적인 사람들이 대기실에 앉아 있었다. 앉아 있는 사람들로만 보면 그곳은 시골의 조용한

버스 정류장 같다는 느낌이 들기도 했다. 나도 그 속에 섞여 있다가 차례가 되면 의사 선생님 한 분과 컴퓨터 한 대가 있는 곳으로 가서 (질문을 받았던 것도 같다. 잠을 어떻게 자는지나, 감정이 어떤지 등) 무어라고 얘기를 했다. 그러면 선생님께서 키보드를 타각 거리다가 신경안정제를 처방해 주셨다. 그 작고 하얀 알약이 나에게 어떤 뚜렷한 변화를 일으키는지 잘은 몰라도, 인터넷에 몇 번 검색해 보고, '나아지겠지.' 하고 먹었다.

일주일에 한 번이었는지, 나중에는 2주에 한 번이나 한 달에 한 번이 되었는지. 센터나 병원에 가야 할 때 나는 답답한 학교에서 나와 몇 시간이고 버스를 타고 바깥 공기를 마시고 걷고 할 수 있었다.

경찰서에서 자꾸 오라고 했다. 무슨 일이 있었는지를 계속 물어봤다. 여성 경찰관 선생님께서 나를 걱정하며 세심하게 대해 주셔서 감사했다. 그래도 상처를 후비는 건 할 때마다 눈물 나고 아팠다. 증거가 될까 해서 휴대전화도 제출했다. 거기에 사랑하는 조카 서아 아기 때 사진이 다 있었는데. 다시 받을 수 있을 거로 생각하고 백업해 두지 않았는데. 경찰서에 꼭 가야만 하는 일이 다 끝나고 나자, 그곳은 내가 자발적으로 다시는 단 한 번도 더 방문하고 싶지 않은 장소가 되어 있었다. 그때는 내가 아직 다혜 언니에게 피해를 말할 수 있기 전이었다. 진짜 이유를 말할 수 없는데, 거짓말하면서까지 아기 사진을 다시 달라고 말하는 건 좀 이상하다고 생각했다. 휴대전화도 다시 찾으러 가지 않았다. 상실감이 들었다.

대규모 집회가 일어났다. 세상이 잘못되었고, 더 나은 곳으로 만들자고 사람들이 그랬다. 나도 그럴 수 있으리라는 희망을 품고 시위에 나갔다. 그러다 보면, 세상이 올바른 곳이 되고 나면, 언젠가 내 문제도 해결될까. 사람들이 나를 이해해 주고, 사는 게 조금 덜 고통스러워질 수 있을까.

친구들 덕분에 조금씩이라도 다시 공부할 수 있게 되었다.

수능을 쳤고 성적 맞춰서 대학에 갔다. 나를 아는 사람이 한 명도 없을, 처음 가 보는 다른 지역으로 멀리. 전공은 마지막의 마지막까지 고민하다가 심리학을 선택했다. 그게 잘한 선택이었는지, 아니면 부러진 다리 붙잡고 절뚝거리며 병원 갔어야 했던 걸 의대 가서 스스로 고치겠다고 한 꼴이었는지는 아직 모르겠다. 나는 한두 학기 단위로 튕겨 나왔다.

스물 이후

보이스 피싱, 판사, 검사

무슨 세상이 이래. 둘 중 누가 사기꾼인지 모르겠어. 어쩌면 둘 다일 수도 있고. 만약 둘 중 한 사람은 사기꾼이고 다른 한쪽은 진짜 판사나 검사가 맞는다면, 내가 그 둘을 구분할 수 있어야 하는 거 아니야? 걸려 오는 전화번호가 무작위로 모르는 번호가 아니라 법원이나 검찰청 전화번호여야 하는 거 아니야? 아니면 적어도 둘이 좀 다르게 말해야 하는 거 아니야? 한 사람은 나한테 무슨 깡패같이 협박하듯이 말하고, 한 사람은 내 통장이 대포 통장으로 쓰였는데 통장에 얼마가 있냐고 차분하게 묻더니 얼마 있다고 하니까 대충 얼버무리고 끊어 버려. 나 그때 되게 몸살감기 걸리고 아파서 정신도 없었는데. 깡패 같던 그 사람은 무슨 내가 잘못 한 사람인 것처럼 화를 냈어. 도둑질한 어린애 혼내듯이. "잘못한 사람 벌 주고 싶냐고요, 안 주고 싶냐고요!" 그래서 끊었어. 전에 보이스 피싱 전화 쫄아서 못 끊었던 내가 너무 바보 같아서.

대학

이제는 정말로 다 끝났고 내 삶이, 오직 나만의 새로운 삶이 시작되었다고 생각했다. 그러니까 스무 살이 한 살 같았다. 다 잊고 다시 태어난 것 같았다. 대학교 1학년 1학기 필수과목 첫날에, 교수님이 모두를 한 명씩 앞으로 나오게 해 자기소개와 가족 소개를 하게 했다. 나는 마이크를 건네받고 서서, 한마디도 못 하고 내내 울었다. 교수님이 "아이구… 생각만 해도 눈물이 나는구나." 하셨고 맨 앞줄에 앉아 있던 애들이 나를 불쌍해하는 표정으로 쳐다봤다. 나는 그게 정말이지 싫었다. 나도 다른 사람들처럼 아무렇지 않게, 덤덤하게, 차분하게 말하고 싶었다. 울면서 아무 말도 못 한 사람은 그날 그 교실에서 나밖에 없었다. 과거를 돌아보지 않으면 미래로 나아갈 수 없나? 그런 생각도 들었다. 나는 잘하고 싶었는데… 계속 아팠고 길을 잃었다. 끝난 게 아니었다. (후에 상담사 선생님께 이 이야기를 했더니, "자기소개를 하는 수많은 좋은 방법들이 있는데, 순진한 1학년 1학기 새내기들에게 그렇게 다짜고짜 앞으로 나와 가족 소개를 하라고 시키는 건 정말 부적절하고 구식"이라고 말씀하셨다.)

그해 겨울 즈음에는 아무도 믿을 수 없게 되었고, 아무것도 예측할 수도, 어떠한 삶의 계획도 세울 수 없게 되었다. 도움이 필요했는데, 나는 어느 곳에도 찾아가지 못했고 누구에게 아무것도 말하지 못했다. 남을 도와주려 했다가 여러 번 실패했다. 아프고 미안한 일들이 점점 더 늘어났다. 다음 주에 내가 살아 있을지 죽었을지 알 수 없었다. 그러면 아무것도 의미가 없고, 어떤 약속도 지킬 수가 없었다. 밖에 나가지 못했고 누워서 일어나지 못했고 먹지 못했고 현실과 꿈을 구분하지 못했다. 시간 개념도 사라졌다. 어쩌면 그러다 며칠 안에 죽을 수 있겠다고 생각했다. 아무렇지 않았다. 그렇지만 한편으로는… 누군가 와서 나를 구해주길 바랐다.

그다음 해 봄에는 대학 밖으로 나가서 글과 그림으로 이야기를 만드는 걸 하려고 했다. 나에게 일어났던 일 중 어떤 장면들을 꺼냈더니, 스케치를 봐준 사람이 나의 그 이야기는 개연성이 부족하다고 말했다. 이런 말은 말이 안 되고, 어떤 거는 옛날에나 있지 요즘으로 치면 시사성이 없고, 여기 이 부분은 서사가 갑자기 튄다고. 이야기를 노래로 만드는 것도 하려고 해 봤는데, 그때에는 정서가 갑자기 튀어서 여러 번 멈춰야 했다. 어쨌거나 그것들을 배우는 건 재미있었다. 그리고 내가 하고 싶은 이야기를 점점 더할 수 있게 되는 데에 도움이 되었다. 그때는 내가 빨리 잘하지 못하는 게 조급하고 불안하고 슬프고 때로는 허무했는데, 몇 년이 걸려서 나는 해냈다. (이 책 말이다. 음악은 재능이 없다.) 배움의 소용돌이 속에 있을 때는 예상하지 못했던 일이다. 어느 예술 모임에서는 나 빼고 모두가 마음이 머리가 아니라 심장에 있다고 믿었다. 나는 마음이 뇌에 있다고 믿어서 손을 머리에 얹었고, 한바탕 웃음거리가 된 후, 대학으로 돌아가야겠다고 생각했다.

대학으로 돌아가서 친해진 같은 과의 한 선배가, 어느 전공 수업에서는 자기 문제를 싹 다 꺼내고, 해결인지 해부인지를 해야 했다며, 아주 힘들었다고 말했다. 나는 도저히 그걸 할 자신이 없었다. 준비도 안 돼 있었고, 몇 년 안에 준비가 될 것 같지도, 한 학기 만에 해낼 수 있을 것 같지도 않았다. 겁을 잔뜩 집어먹고 이번에는 더 멀리 더 오래 도망쳤다. 마침

한 교양수업에서 "대학에 다닐수록 더 가난해진다"고 했고, 학교 밖에서 어떤 어른이 "어휴 대학 다녀서 뭐 하니"라고 했던 참이었다.

악몽

스무 살부터 삼사 년 동안은 자다가 화들짝 놀라며 깨는 걸 자주 했다. 울거나 소리 지르면서 깨기도 했다. 혼자 자는 게 끔찍하게 싫었다. 사람을 찾고 매달렸다. 어릴 때 나는 종종 집단으로 강간당하는 꿈을 꿨다. 넓은 공간, 나와 비슷한 여자애들 여럿이 또래 남자애들 여럿에게 아무렇지도 않게 강간당하는 꿈을 말이다. 그 당시에는 내가 왜 그런 꿈을 꾸는지 이해할 수 없었다. 나에게 일어난 일이 뭔지도 몰랐으니까, 그 꿈이 악몽인지 아닌지도 몰랐다. 때로는, 세상 어딘가에서 실제로 그런 일이 일어나고 있기 때문에 내가 그들과 꿈을 통해 연결되었던 게 아닐까, 생각하기도 했다. 자라면서 악몽도 같이 자랐다. 악몽은 점점 더 구체적으로 선명해졌다. 가해자도, 방관자도, 장소도. 기어코 내가 겪었던 현실을 여러 번 다시 보여주었다. 스물대여섯 살쯤부터는 드디어 내가 악몽보다 더 자라서, 울면서 깨지 않을 수 있게 되었다. 하지만 아직도 가끔은 소리 지르며 깬다. 악몽에서 깼을 때 곁에 친구가 있으면 나는 안아달라고 말한다.

276

천만 원

고등학생 때 나를 성폭행한 학원 강사를 신고한 결과로 2천만 원이 생겼다. 그중 천만 원은 아버지가 변호사 선임 비용으로 나갔다고 했고, 천만 원은 내 통장으로 들어왔다. 찝찝했다. 천만 원. 내가 몇 년의 인생을 혼란과 고통과 외로움 속에서 삶이 다 와해되고 관계망과 정신과 몸이 다 망가지고 얻은 결과. 치고는 너무 보잘것 없는 돈. 하지만 내 또래 중에 천만 원이 넘는 돈을 가진 친구는 없었다. 있었다 해도 그건 그가 열심히 일하고 아껴서 모은 돈이거나 조용히 물려받고 있는 돈의 일부. 나와 같은 이유로 돈을 가진 사람은 보이지 않았다. 나는 10,000,000이라는 숫자를 보고 수치심을 느끼거나 안도하거나 분노하거나 불안해했다. 누구와 의논하면 좋을지도 몰랐다. 혹시라도 부러워할 사람들을 상상하면 까마득해졌다. 이깟 돈 없어도 좋으니, 성폭행당한 적 없는 사람들이 나는 부러웠다. 차라리 천만 원 빚이 생겨도 좋으니, 나를 강간하지 않는 가족과 돌아갈 집이 있었으면 싶었다. 비밀도 눈물도 없이 친구들과 모든 걸 대화할 수 있으면 좋겠다고도 생각했다. 더럽고 필요 없다고 느껴지는 동시에, 피해자가 잃는 것들을 보상하기엔 터무니없이 적은. 내가 잃어버린 과목, 잃어버린 신뢰, 안전에 대한 감각, 성적, 자부심, 사람들, 시간, 내가 잃어버린 몇 년의 혹은 십몇 년의 어리고 젊은 시간.

명절 플래시백

(장면들 사이는 이어지기도, 이어지지 않기도 한다.)

명절에 할머니 집에 가는 실수를 하고 말았다. 아버지가 오라고 했다. —가 있었다. 내 가족이었던 사람들에게 환대와 사랑을 받으며, 활짝 웃는 얼굴로, 아무렇지도 않게. 아버지도 아무렇지 않게 웃고 있었다.

"역시 아버지도 남자였다! 정말 훌륭한 분이셔."라고 말했을 때, 피가 거꾸로 솟는 것 같았다. 그는 모두가 있는 명절에, 나에게 가까이 와서 나에게만 들리는 작은 목소리로, 활짝 웃으며 그 말을 했다. 표정에서 안도와 감동, 확신이 읽혔다.

아무것도 달라지지 않았다. 누가 알고 누가 모르지? 나는 구역질이 났다. 그때 먹은 모든 음식이 체했다. 열이 나고 어지러웠다. 몸을 가누기 힘들었다. 누워 있다가 화장실로 기어가서 타일 바닥에 토했다.

밤의 거실에서, 나는 잠에 들 수도 없었고 집을 나갈 수도 없었다. 대가족이 잠든 거실에서 작은 손전등을 켜고 새벽이 될 때까지 앉아 있었다. 정확히는 앉아서 불빛을 바라보는 나를 내가 지켜봤다. 일종의 해리 상태를 겪었던 것 같다. 아침이 되자마자 집을 나갔던가, 나가려다 붙잡혔던가,

누가 차를 태워 주겠다고 했다. 몇몇이 평범하게 걱정하고 배웅하러 내려왔다. 그중에 ―도 있었다.

—가 차창 너머로 아프지 말라고 말했다. 어처구니가 없었다.

'내가 아픈 거 너 때문이야 이 X 같은 XX야. 내가 몇 번이고 자살했다면 그건 다 네가 죽인 거였어. 네가 나를 이미 수십, 수백 번은 더 죽였다고 XXX야.'

말문이 막혔다. 화가 났다. 손으로 욕을 했다.

하은 언니는 그런 나를 보고 싸가지가 없다고 말했지. 나는 목구멍에서 "—가 나를 강간했다고!" 가 막혀서 안 나왔다.

꿈속에서 몇 번이고 할머니 집 거실을 뛰어다니며 소리 지르고 부쉈어. 현실에서도 그렇게 할 수 있었을 텐데. 어쩌면 그래도 됐었을 텐데. 다혜 언니는 "패악질을 해라. 패악질을 해야 한다."고 말했었는데. 나는 그러지 않았어.

알고 나서도 하은 언니가 아무것도 변하지 않을까 봐, 사실은 알고도 그랬을까 봐. 그게 가장 두려웠다.

학교 근처에서 혼자 살던 집으로 돌아온 나는 모든 생활이 무너졌다. 당시에는 그게 내가 명절에 할머니 집에 다녀왔기 때문이라는 걸 인지하지 못했다. 그 해 일기장은 정확히 추석 이후로 한 달간 뚝 끊어 져 있고, 그다음 달에도 나는 정신이 나가 있다. 한겨울이 될 때까지도 나는 스스로를 제대로 먹이거나 재우거나 일으키지 못했다. 나는 나를 서서히 죽이고 싶어 했다. 모든 과목에서 낙제했다. 나는 그저 날씨가 추워져서라거나, 혼자 처음 살아봐서, 독감 같은 우울증에 운 나쁘게 걸려서, 또는 내가 대학이랑 맞지 않는 사람이라서라고 생각했다.

그다음 명절에도 아버지는 나를 불렀다. 내가 가지 않겠다고 해도, 몇 번인가 더 오라고 했다. 할머니도 가세했다. "아기도 올 거"라며. 그건 꼭 인질극이나 함정 같았다. 나는 "그러면 갈 테니까, 대신 ─를 못 오게 해 달라"고 말했다. 아버지가 그러겠다고 했다. 하지만 나는 이미 아버지를 믿을 수 없었다. 할머니도 믿을 수 없었다. 할머니는 내가 아주 어렸을 적부터 "울지 마라. ─를 미워하면 안 된다."고 했었고, 명절 같은 날에는 울든 소리를 지르든 속임수를 쓰든, 무슨 수를 써서라도 모두를 불러 모으는 분이셨다.

나는 만약 내가 어른들을 한 번 더 믿었다가 이번에도 —를 마주치게 된다면, '소용 없어.'라며 웃는 —를 또 본다면, 견딜 자신이 없었다. 그렇게 된다면 나의 무엇이 얼마나 더 무너질지 알 수 없었다. 내 삶과 믿음과 건강이 모두 황폐해지는 위험을 감수하고서 그곳에 가는 게 무슨 의미가 있지? 만약 —가 없더라도, 분명히, 이미 그 장소에 짙게 밴 트라우마가 떠올라 나를 따라다니며 아프게 만들 것이었다. 그러면 이번에는 또 회복하는 데 얼마나 걸릴지. 나는 또 정신이 나갈 것이고, 다른 가족들은 모두 나를 욕할 것이었다. 가지 않겠다고 하는 내 말은 받아들여지지 않았다. 방법이 없었다. 나는 알겠다고 가겠다고 말했고, 가지 않았다.

복수이기도 했다. 왁자지껄한 명절 속에서 아무도 내 편이 없었던 절망적인 고립감을, 믿었던 사람에 대한 배신감을, 당신이 조금이라도 느끼길 바랐다. 나는 아버지를 잠시 안쓰러워해 볼 뻔했다가, 내 코가 석 자라는 걸 깨달았다. 그는 10년 동안 친족에게 성폭행당하지도 않았고, 가족을 다 잃어버리지도 않았고, 인간관계에도 만족했고, 자기 사업도 안정적이었다. 여전히 세상이 좋은 곳이라고 굳게 믿었는데, 그 세상이 당신에게만 안전하고 좋은 곳이라는 건 끝까지 인정하려 하지 않았다.

가정폭력 피해자를 위한 쉼터 The James House의 director인 Jane Clayborne의 말에 따르면, 학대적인 관계에서 여성이 완전히 벗어나기까지 평균적으로 7번의 시도가 걸린다. (VPFW, n.d.)

21살, 화병

슬픔은 무언가를 잃어버렸을 때 느끼는 감정, 분노는 무언가를 빼앗겼을 때의 감정. 상담사 선생님께서 말씀하셨다.

슬픔은 사람을 끌어당기고, 어린 인간의 슬픔은 더 그렇다. 어쩌면 연민이나 공감, 감동마저 불러일으키고. 하지만 분노는? 성인의 분노는? 내 분노는 공감할 만한가? 사람들이 들어 줄까?

그때를 떠올리며 다시 쓰러지지 않기 위해 나는 중간중간 다른 곳으로 주의를 분산시킨다. 괜히 식재료를 다듬고 청소를 하고 다른 책을 읽고 음악을 생각하고 낮잠을 자고 영화를 본다.

21살에는 쓰러지고 심장병원에서 소위 "화병(火病)"을 진단받았다.

나에게 무슨 일들이 왜 일어난 건지를 이해하고 싶은 마음이 절박해져서, 침대와 바닥에 관련 논문과 책들을 펼쳐 놓고 읽다가 생각하다가 휩쓸리고 글을 쓰고 울고 끊어지듯 잠들면 악몽을 꾸고 일어나 우는 걸 며칠째 반복하고 있었다.

제대로 먹지도 밖에 나가지도 사람을 만나지도 않았고, 규칙적으로든 충분히든 잠도 못 잤다. 그러다 화장실 가려고 일어났는데 머리가 핑 돌고 앞이 뿌옇게 흐려졌다. '기립성 저혈압인가보다.' 그건 원래도 흔하게 나타났기에 대수롭지 않게 여겼는데, 점점 온몸이 뻣뻣하게 굳어지고 숨쉬기가 힘들어졌다.

주저앉아 시간을 흘려보내도 나아지지 않았고, 계속 어지럽고 식은땀이 났다. 온 세상이 핑 핑 핑 돌았다. 손이 이상한 모양으로 고정되어 움직여지지 않았다. 제대로 된 생각을 할 수가 없었는데, 나는 집 안에 유독 가스라도 퍼진 줄 알고 벌

떡 일어나 창문을 열었고, 그다음은 내가 바닥에 붙어 있었다. 119를 부르고 싶었지만, 휴대전화까지 움직일 수도 없었다. 도와달라고 소리치기는커녕 개미 소리만큼의 목소리도 낼 수 없었다. '죽는구나.' 싶었다.

죽지 않은 나는, 시간이 더 지나자 휴대전화까지 기어갈 수 있게 된다. 아직 쥐가 난 듯 뻣뻣한 손으로 내 집 주소를 아는 가까운 친구에게 전화를 걸었다. 밤이었고, 나아지는 것 같았고, 응급실은 가고 싶지 않았는지 아니면 내가 구급차를 불러도 될 만큼 아픈 상황인지 아닌지 분간이 어려웠는지. (나는 내가 아픈지, 도움이 필요한 상태인지 어떤지를 알아차리는 감각이 모조리 고장 나 있었다. 그래서 "괜찮다"는 말을 입에 달고 살았다.) 나는 친구가 하라는 대로 사탕 하나를 집어 먹고 물을 마시고 에너지바도 하나 사 먹고 사탕 몇 개를 가방에 더 챙겨서 친구 집으로 갔다. 밥을 얻어먹었고, 자고 일어나서 낮에 병원에 갔다.

여러 검사를 받았다.

"미주 신경성 실신. 이거는 화병이에요 화병. 옛날에 나이 많은 아주머니, 할머니들이 걸리던 거. 부정맥이랑 빈맥, 서맥도 있네. 약을 드릴 거긴 한데 이게 근본적인 해결책은 아니고, 부작용도 있을 수 있어요. 스트레스가 문제인 거니까… 사실 정신과를 가셔야 해요. 식사 잘하시고, 운동하시고."

병원비가 부족해 아버지에게 연락했다. 내키진 않았지만 나는 어렸고 돈이 없었다. 갑자기 쓰러졌으며 심장병원이라고 말한다. 그는 바로 몇 시간 거리를 와서 의사 선생님을 직접 뵙고 설명을 듣고 병원비를 내 준다.

그리고 병원에서 나가자마자 "아프지 좀 마라"고 말하며 내 엉덩이를 툭툭 쳤다. 순식간에 벌어진 일이었다. 나는 '긴장을 놓지 말 걸, 내가 더 예민하고 민첩해서 그 손을 피할 수 있었으면 얼마나 좋을까.' 기도하고 자책한다. (그의 웃는 얼굴이 징그럽게 일그러져 ―나 학원 강사와 다를 바가 없다고 느껴진다. 나에게 묻지 않고, 허락받지 않고, 나를 언제든지 만져도 된다고 생각하고 갑자기 만지는 사람들.) 나는 아버지가 그가 한 "말" 대로 나를 걱정하고 내가 건강히 살기를

288

바라기 때문에 왔다고 기대했는데 (믿었는데), 그가 내 엉덩이에 손을 댄 순간, 그가 사실 나를 확실하게 자살시키러 온 것이 틀림없음을 절망하게 (배반당하게) 된다.

가설을 세운다.

화병이 난 내가 만약 "아프지 않으"려면, 화를 더 이상 내 안으로 억누르지 말고 표출해야 한다.

죽지 않기 위해, 언제나 내 안으로만 향하던 화를 바깥으로 내기 시작했다.

"분노는 뭔가가 잘못됐음을 알리는 동시에 그 잘못을 바로잡을 에너지를 부여한다." (Martin, 2021)

아버지는 아무 말도 하지 않고 지하철에 멀찍이 서서 눈물을 조금 흘린다.

그 모습을 보고 나는 어쩌면 그가 나를 강간하거나 죽이지

않을지도 모른다는 가설을

그러나

아직 믿을 수 없다.
안심할 수 없다.
기대를 버려야 한다.
기대를 버려야 했다.

(구역질)

단호하고 일관된 태도로 밀어내기.

양육자와의 분리, 거리두기, 독립. 발달 과정상 진작부터 하기 시작했어야 마땅하지만, 어머니 H가 "나 때는 사춘기 같은 건 없었다"는 말과, 자신을 포함한 모든 어른에게 내 춤과 노래, 포옹과 천진해 보이는 웃음과 뽀뽀 상납 강요로 나를 유아적 상태에 가둬 두고 싶어 했고, 초등학생이나 중학생은 원하지 않았고 알려고 하지도 않아서, 나는 많은 정체와 퇴

행과 갈등을 겪었다. (어머니 H를 탓하거나 비난하려는 건 아니다. 그 시기의 나와 함께 살게 된 건 그에게도 안된 일이었다.) 고등학교는 내가 기숙사에서 살았던 데다 너무 바빴기에, 이런 식이든 아니든 내가 압축적으로 분리를 하는 건 필연이었다.

아버지는 내 "춤, 노래, 포옹, 웃음, 뽀뽀 상납"을 받는 데에 익숙해져서 그것을 당연하게 여기고 요구하고 있었다. 하지만 그것은 어머니 H가 강요하고 학대했기 때문에 억지로 하던 인위적인 것이었지, 내가 원한 것도, 그에게 꼭 필요한 것도, 건강한 것도 아니었다.

그는 나를 이해할 수 없다. 그런데 내가 그를 이해하는 일에 지치고 억울해지고 화가 났다면, 내가 그것을 그만두어야만 했다.

좋은 소식은 내가 거리를 둘수록 모든 게 더 나아졌다는 것이다.

바운더리

만약 어떤 사람이 어떤 동물을 키우는데 그 궁극적인 목적이 그것을 죽여서 고기나 가죽, 내장을 얻기 위해서라면, 동물의 입장에선 별로 '길러줘서 감사하다'는 생각이 들지는 않을 것이다. 살려고 도망쳐야겠지. 내가 아버지에게 최소한의 인륜을 다시 느끼기 위해서는 〈그는 나를 죽이거나 성적인 도구로 만들어 그의 남자 가족들에게 착취, 이용하게, 혹은 판매하기 위해서 나를 기르는 것이다〉라는 가설이 참보다 거짓일 확률이 1%라도 더 높다는 판단의 상태가 유지되어야 했다.

아버지와의 교류를 최소화하고 몇 년이 지나자, 개인적인 분노는 타서 사그라들었고, 어느 날 문득 그는 그저 지극히 평범하게 무지하고 회피하는 사람일 뿐일 수도 있겠다는 생각이 들었다. 더 이상 아버지에게 기대하고 화내기보단, 그를 포기하고 골때린다고 생각하기 시작했다. 나는 그와 나에게 안전하게 느껴지는 거리를 두려고 노력했다.

내가 무리한 요구를 했다고 생각하진 않는다. 명절에 안 가게 해 주세요. —와 나를 한자리에 부르지 마세요. 새벽에 전화하지 마세요. 술 마시고 새벽에 전화하지 마세요. 저를 만지지 마세요. 묻지 않고 허락 없이 어깨에 손을 얹거나 엉덩이를 치지 마세요. 내가 무슨 말을 하든 그는 나를 자기 손바닥 위에 올려놓고 '그게 무슨 말이니, 귀엽다'며 웃었다. 그러면 나는 그 손바닥 같은 걸 물어뜯을 수밖에 없었다. 그렇게 해야만 내 목소리가 들리게 된다는 사실이 슬프기도 했다.

한때 그는 "너 그럴 거면 왜 내 돈 받아 가는데?"라며 화내기도 했고, 하루는 새벽에 술을 마시고 전화해서 "너는 아주 잘못된 생각을 하고 있다. 그건 아주 위험한 사상이다. 너는 아주 잘못된 사상을 가지고 있다." 했다. (무슨 사상을 말하는 거였을까?)

나는 진심으로 경제적으로 독립할 생각으로 대학을 중간에 나와 일을 구했다. 어떤 교수님은 돈 벌려고 학교를 나가는 건 바보 같은 짓이라고 했고, 어떤 교수님은 본인이 아버지께 연락드려 볼까 하셨고, 어떤 교수님은 네 뜻이 정 그렇다면 치열하게 살라고 힘을 실어 주셨다.

누군가 요즘은 자식을 서른까지는 키우는 게 맞는다고 했고, 누군가는 딸들은 아들들보다 경제적으로 적게 투자받으면서도 미안해한다며 받을 거 최대한 더 받아내라고 했다. 내 사정을 모두 아는 한 친구는 "네 아버지는 그 정도 재산을 가진 보통의 다른 사람들보다 자식에게 쓰는 돈을 너에게 덜 썼어. 만약에 내 자식이 그런 일을 당했고 내가 그걸 몰랐다면 나는 정말 너무 미안해서 돈으로라도 사과할 수 있다면 그렇게 할 거야. 그러니까 돈 달라고 하는 걸 미안해하지 마."라고 말했다.

나는 이들 모두에게 감사함을 느낀다.

아버지는 곧 나에게 다시 생활비를 보내 주기 시작했지만, 내가 신뢰하는 기능을 회복하기까지는 몇 년이 더 걸렸다.

신뢰

"신뢰는 아주 소중한 거야. 그걸 잃기는 쉽지만, 쌓는 건 정말 어렵고 오래 걸리는 일이야."

사랑하는 사람이 말했다. 나는 그런 말을 처음 들어봤다. 살면서 생각 해 본 적도 없었다. 놀라웠다.

아버지에게 누군가를 어떻게 신뢰할 수 있는지 물어보았다. "그건… 너무 어려운 질문이다."라는 대답을 들었다.

신뢰와 의심에는 각각 장단점이 있다. 내가 사랑하는 사람은 내 아버지와 정반대의 아버지 밑에서 자라, 우리는 물려받은 의심과 믿음을 나눠 가진다. 나를 기른 사람 중 그래도 아버지가 나에게 가장 오래, 꾸준히, 많은 돈을 들였다. 때로는 방임에 가까웠을지언정 나를 믿고 자유롭게 자라게 두었다. 그는 자기 자신과 타인에게 너그러운 만큼 나에게도 그렇다. 그가 자기 행복을 찾아 나서기에, 나도 결국 남이 아닌 내 행복을 추구하는 방향으로 더 나아갈 수 있게 된다.

절망과 자유

또 한 번의 명절 호출이 있었다. 할머니는 지난 명절에 오지 않은, 그리고 전화할 때마다 무슨 말을 해야 할지 모르는 죄로 나에게 벌을 내린다고 느껴질 정도로 내 심장을 아프게 했다. 전화기 너머로 호통을 치며, 절박하고 서럽게 소리 내우셨다.

"나는 니를 좋아하는데 왜 니는 나를 미워하나? 내랑 평생 안 볼 거가!"

"그게 아니라요…"

나는 이번에도 할 수 있는 말을 찾지 못했다. 아니에요. 안 미워해요. 무슨 말을 하고 끊었는지는 잘 기억나지 않는다. 할머니는 전화를 길게 하시는 분은 아니다. 나는 많이 울었다. 마음이 너무 아팠다. 나는 내가 그를 미워해서 안 가는 게 아니라, 다른 이유로 못 간다는 걸 너무나 이해시켜 드리고 싶었다. 나는 할머니를 누구보다 사랑하는데… 할머니가 오해하고 슬퍼하지 않기를 바랐다.

눈물이 멈추지 않았다. 다혜 언니에게 전화를 걸었다.

"아니? 할머니는 이해 못 한다."

한 대 맞은 것 같았다.

"할머니는 나이가 80이 넘었어. 아주 옛날 사람이고, 가부장적인 사람이야. 아직도 아들, 아들, 남아선호사상도 심하고, 나 볼 때마다 아들 하나 더 낳으라고 내가 남편 집안 대 끊어 먹는다고 뭐라 해. 절대 이해 못 해."

언니의 그 말에 나는 희망을 잃고 좌절했지만, 그러자 오히려 땅에 발이 닿았다. 자유도 느꼈다. '아. 그러면 이해시키려고 노력하지 않아도 되겠구나.' 서서히 눈물이 멎었다.

그때 언니는 어린 딸과 함께 놀이공원에 있었는데, 갑자기 걸려 온 우는 전화를 받아 줘서 고맙다는 말을 뒤늦게나마 이 지면을 빌려 전하고 싶다. 언니는 내가 정서적으로 가장 많이 의지한 사람 중 한 명이다. 내가 어릴 때부터 나에게 많은 사랑을 주었는데, 사실 언니는 내 어머니가 아니고 나이 차이가 크게 나지도 않아서 종종 언니가 부담을 느끼기도 했을 것이다. 언니는 나에게 자기 속 얘기를 잘 하지 않았다. 어쩌면 비스듬한 관계가 습관이 돼서 그랬는지도 모르겠다. 다음에 언니를 만날 때는 우리가 동등한 관계를 맺을 수 있으면 좋겠다. 언니도 언니가 하고 싶은 얘기를 하고 나에게 기댈 수도 내가 언니를 도울 수도 있는 그런 관계.

이후에 할머니를 뵈러 가서 말했다.

"다혜 언니한테 아들 낳으라고 하지 마라. 다혜 언니는 천사다. 콘서트 티켓도 끊어 줬다며? 언니한테 잘해 줘."

언니는 현재 해외에 살러 나갔다.

소은

(*훗날, 우리는 어느 새벽에 우연히 만나 차분하게 대화를 나눌 수 있었다. 모든 사실을 알게 된 소은 언니는 "참 외롭고 많이 힘들었겠다. 버텨줘서, 용기 내 줘서 고마워. 나를 믿어냈던 건 잘했어."라고 말해 주었고, 나도 언니의 사정과 맥락을 이해할 수 있었다. 이 글은 그 대화를 하기 전에 쓰였으나, 그대로 싣기로 결정했음을 미리 밝힌다.)

"남자에게 안 좋은 일을 당하면 레즈비언이 되는 수도 있어."

발끝부터 머리끝까지 화났다. 일단 나는 언니에게 내 성폭행 피해 사실을 얘기 한 적이 없다. 누가 누구에게 무엇을 말했을까? 이 집안의 누가 뭘 알고 뭘 모르지? 그리고 그 말대로 남자에게 안 좋은 일을 당한 여자가 레즈비언이 되는 거라면, 게이는 여자에게 안 좋은 일을 당한 남자라서 게이가 되었나? 성폭행 가해자의 대부분이 남성이고 피해자의 대부분이 여성인데. 그러면 이 세상에는 게이보다 레즈비언이 더 많나? 아니. 말이 안 된다.

"어휴, 난 똑똑한 애들 무서워."

소은 언니는 그런 말도 했다. 그 말로 나는 언니가 진실이나 옳음보다, 안락함과 즐거움을 추구하는 사람이라고 생각하게 되었다. 그리고 언니의 그런 특성은 오랫동안 바뀌지 않을 것 같다고도.

"우리 지금 하은 언니랑 ──랑 다 네 걱정 하고 있다."

'당신이 정말로 나를 걱정하면…'

말이 되나? 이게 말이 되나? 언니에게 내가 말한 적이 없는데 내가 이런 생각을 하는 게 공평한가?

그런데도 나는 그런 생각에 갇혀서 빠져나오지 못했다.

'나는 이미 옛날에 죽었는데. ──가 여러 번 죽여서 너무 여러 번 죽었었는데.'

답을 찾을 수 없었다.

밀어냈다. 그게 최선이었다. 밀어내도 밀어내지지 않을 때면 나는 위협을 느꼈고, 때로 말이 안 되는 말로 얼기설기 주먹이나 뾰족한 걸 만들어 쳐서라도 밀어냈다. 소은 언니뿐만 아니라 누구에게라도 그랬다.

나: 기억에 남는 말 세 가지가 있어요. "남자에게 안 좋은 일을 당하면 레즈비언이 될 수도 있다.", "어휴 난 똑똑한 애들 무서워.", 그리고 이태원 참사 때 전화 와서 "지금 하은 언니랑 —랑 티브이에서 뉴스 보고 다 네 걱정 하고 있다." 마지막에는 '…나 자살시킬 뻔한 사람이 네 옆에 있는 —다.' 라고, 말할 뻔했어요. 화가 났는데, 화를 내도 되나? 언니가 일부러 막 저를 상처 줘야겠다고 계획하고 그런 게 아니라 모르고 그런 걸 테니까요. 근데 한편으로는, 말해도 언니가 이해도 못 하고 아무것도 안 바뀔 수도 있겠다는 생각이 들기도 했어요.

상담사 선생님: 파악이 전혀 안 되어 있군요… 마이크로어그레시브하다는 생각이 들어요. 미세한 공격, 차별. 예를 들어서 해맑은 백인우월주의자가 흑인이나 동양인에게 "영어 잘하네요" 하는 거예요. 사실 대놓고 공격적이고 차별적인 것보다 이게 더 화나고 무기력할 수 있죠. 근데 몰랐다고 해도 차별은 차별이고 잘못은 잘못이에요. 화날 만해요. 화내도 돼요.

나: 한편으로는 '내가 연장자에게 너무 부당하게 높은 기대를 하나? 소은이 만약 언니가 아니라 동생이었다면 내가 다르게 반응했을까?' 싶어요. 그러니까, 언니라서 나보다 나은 사람이어야 한다는 편견이 저에게 있고, 동생이었다면 그 자리에서 바로 화내고 뭐가 맞는지 얘기를 할 수도 있었을 것 같아요. 아닌가? 그래도, 말이 통하겠다 싶은 사촌들에게는 있는 그대로 말하고 대화를 했어요. 그런데 소은 언니는 말이 안 통하겠다 싶으니까⋯. 저는 어떤 사람이 제 앞에 있어서 그 사람에게 말한다고 상상하면서 글을 써 왔어요. 그런데 소은을 상상하면 어떻게 써야 할지 모르겠어요. 어떤 말을 해도 전해지지 않을 것 같고. 두꺼운 벽에 계란을 던지는 것 같아요.

상담사 선생님: 무기력하게 느껴질 수 있겠어요. 그러면 그 부분만 소은과 있었던 일을 소은이 아닌 다른 사람에게 말하는 식으로 쓰면 어때요? 그리고 그분이 어떤 가치관을 가지고 어떻게 살기로 결정했는지와는 별개로, 차별은 차별이고 잘못은 잘못이에요.

다연: 그 사람은 그냥 나쁜 사람이야. 전통적이고 무례한….

나: 해석이 잘 안돼. 이렇게까지 어려울 일인가 싶어. 이해하고 싶고, 내 감정을 해소하고 싶고, 다음에 어쩌다 또 대화하게 되거나 하면 화내지 않고 싶은데, 계속 이게 쌓여. 잘못하면 내가 어느 날 갑자기 소리 지를 것만 같아. 안 그러고 싶은데. 언니를 안 보려면 최대한 안 볼 수 있긴 해. 이제 누구 장례식에서나 보겠지. 근데 언니가 주기적으로 한 번씩 나에게 다가와. 본인이 무슨 말을 했는지나 내가 밀어냈었다는 그 모든 걸 계속 까먹는 것 같기도 하고. "그래도 결국 가족밖에 없어." 같은 말을 하는 사람이기도 해.

다연: 물리적으로 연락을 더 차단하면 어때?

나: 마지막에는 실제로 그렇게 했어. "갑자기 전화하는 거 불편하다"고 말했고. 어렵다. 안 써도 되긴 해. 모든 가족에 대해 다 써야 하는 것도 아니고. 교류나 접점 자체가 별로 없어서 아예 다루지 않은 친척들도 있는걸. 하지만 어쨌거나 소은 언니는 나 어렸을 때 놀아주고, 중고등학생 때 힘들 때 큰

엄마 집 가면 늘 환대해 주고, 같이 자고 일어나서 맛있는 거 먹고 목욕탕 가고, 카페 같은 데 데려가 주기도 하고… 그랬던 기억도 있으니까. 사실은 소은 언니 같은 사람도 알아들을 수 있는 글을 쓰고 싶어.

다연: 무조건 불가능한 일도 아니지만, 네가 아무리 엄청난 것을 만들어내서 보여주든 간에 그 언니는 안 받아들일 수 있어. 자기가 살아온 세월이 있고, 교류해 온 주변 사람들이 있고. 네가 정말 어쩔 수 없는 부분도 있어. 네가 무슨 말을 하면 영향을 전혀 안 받지는 않겠지. 받긴 할 거야. 하지만 결국에 그걸 설득하는 건 본인이 움직여야 하는 건데, 남이 백 퍼센트 해 줄 수 없고, 본인이 바뀌어야 하는 거지. 어쩌면 몇 년 뒤에 깨닫고 나서 네가 한 말을 떠올릴 수도 있는 거고. 그런 말을 한 사람이 여성이니까 더 감싸주는 경향도 있어. "친일파도 한국인이니까 감싸줘야 하냐?" 라는 말이 있는데, 그걸 보고 나도 그렇고 여자들에게 아직 화가 부족하다고 느끼기도 했어. 사실 그렇게까지 화낼 일이 맞는데도, 또 용서하고 그러니까.

나: 있잖아, "똑똑한 애들 무서워"라는 구체적으로 어떤 마음인 걸까? 왜 무서운 걸까?

완규: 음… 아마도 똑똑하다고 얘기를 듣는 아기들은 궁금한 게 많고 본인이 이해할 때까지 질문하니까? '그냥 넘겼으면…' 했는데, 질문하고 설명을 요구하니까?

친구 1: "왜"라는 질문이 무서운 거 아닐까, 생각해.

다연: 인터넷 밈이라고 치면 "ENTP들이 들으면 좋아하는, 너 진짜 또라이다." 그런 거랑 비슷한 말 아니야? 좋은 관계에서 그렇게 말했더라면, 만약 네가 나한테 말한다면 칭찬으로 들릴 것 같아. 예를 들어 네가 잘못했는데 내 말에 설득되었을 때 그렇게 말할 수 있지 않을까? "유쾌하지는 않지만, 너의 논리를 인정하겠다." 그런 거지.

친구 2: 자신은 잘 모르겠는 걸 알고 자신은 잘 생각하지 않는 걸 고민한다. → 전혀 다르고 이해하기 어려운 사람이다. → 무섭다.

이해: 좀 더 부정적인 버전으로는 "뭔 말을 못 하겠어"랑 비슷한 거 아냐? 뭔가 대화가 매끄럽게… 이어지게 만드는 게 아니라 태클 거는 것처럼 느끼는데, 자기가 한 말은 사실 생각 없이 한 말이었는데 그런 답변이 돌아오면 당황스러워하는 것 같아.. 엄청나게 부정적인 의미로 하는 말은 아니지만 불편하고 껄끄럽다는 느낌은 있는 듯? 특히 좀 어린애가 조목조목 따지거나 이럴 때도 많이 쓰이는 말 같아.

예린: 약간 귀찮아서 그런 듯하니 별로 크게 신경 쓰지 않아도 괜찮을 거 같아. 그 말씀을 하신 분은 이미 기억 못하실지도.

나: 미세 공격에 대한 책을 읽었어. 미세 공격의 미세가 "작다"가 아니래. 미시적, 그러니까 "interpersonal, 개인과 개인 사이"라더라. (Sue & Spanierman, 2022)

다연: 정말? 난 작아서 미세인 줄 알았는데. 단어가 오해의 소지가 있다. 바꿔야겠네.

나: 근데 "작다"의 맥락도 전혀 없지는 않나 봐. 마야 안젤루가 한 "천 번의 베임에 의한 죽음, death by a thousand cuts"라는 말도 있으니까. 하지만 그걸로 인한 해악이 사람들이 보통 생각하는 것보다 훨씬 심각한 거지.

다연: 그래! 너무 많아서 문제야. 그리고 그 사람이 악의 없이 말했다고 해도, 별로 좋은 의도를 가지고 한 말도 아닐 거 아니야. 왜 그런 말을 한 걸까? 듣는 사람이 레즈비언이거나 성폭행 피해자라면 정말 상처받을 거고, 아니라고 해도 기분이 나쁘거나, 어떤 잘못된 편견을 강화할 뿐일 텐데.

나: 미세 공격의 큰 문제 중 하나가 그거야. 그런 말을 하는

사람들은 그게 편견인지 모른다는 거.

다연: 그럼 뭐라고 생각하길래?

나: 글쎄… 모르겠네. fun fact (재미있는 사실)? 아니면 어떤 통찰로 알아낸 사회학적인 무언가라고 생각하는 걸까?

다연: 재미있지도 않고 사실도 아니잖아….

나: 글 읽어주고 같이 이야기해 줘서 고마워.

다연: 언제든지.

나: 어땠어?

다연: 답답하고 짜증 나.

나: 너도 그렇구나. 나도 딱 그래.

"미세공격 스트레스 요인은 소외집단 구성원의 신체와 정신 (인지, 감정, 행동) 건강 모두에 부정적인 결과를 초래할 수 있다. … 인종차별, 성차별, 젠더리즘, 이성애주의는 정신 건강 기능의 여러 측면에 영향을 끼친다. 만성적 스트레스 요인이 쌓이면 삶의 질을 떨어뜨리고, 삶의 만족도와 행복도, 자아존중감을 저하시키며, 문화적 불신, 소외감, 상실감, 불안, 무력감, 분노를 증가시키고, 피로감과 소진감을 일으킨다." (Sue & Spanierman, 2022)

땅 되찾기

억울했다. 큰엄마 집은 내가 갈 수 있는 곳이었는데. 그들은 내 가족이기도 했는데. 언제든 오라고 했고, 내가 초인종을 누르면 초인종 누르지 말고 그냥 들어오라며 집 비밀번호를 몇 번이고 알려 주셨었는데. 이제는 갈 수 없는, 빼앗긴 땅이 된 것이다. 나는 잘못한 게 없는데, 왜?

친척들에게 알릴 때, 어린아이를 기르던 사촌들에게 우선 알렸다. 시간이 걸렸을 뿐, 예외를 두지 않았다. 하지만 큰엄마네는 어린아이가 있는 것도 아니고, 소은 언니와 하은 언니는 둘 다 ─보다 나이 많은 어른이며, 스스로를 지킬 수 있고, 서로라는 자매가 있다. 내가 걱정 할 필요도, 알릴 필요도 없다.

학교 다닐 때 그런 애가 있었다. 누가 누구랑 (소위) "싸웠다" 그러면 둘 다 불러서 마주 보게 앉혀 놓고 냅다 화해하라고 하던 애. 나는 그 집의 누가 나에게 그러라고 할까 봐 긴장한다. 큰엄마의 막내아들 사랑은 집안에서 유명하다. 그곳은 — 없이도 더 이상 나에게 집이나 가족으로 느껴지는 곳과는 거리가 있지 않을까.

되찾더라도 내 땅이 아니라는 결론에 다다랐으니, 나의 이 박탈감이나 소외감은 좀 덜해질까?

큰엄마네 아파트 놀이터에 혼자 와서 그네에 한참 동안 앉아 있었다. 그 아파트 단지는 내가 초등학교 고학년 때 살던 곳 이기도 했다.

'숨길 필요도 없고 설명할 필요도 없다.'

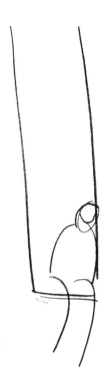

315

스무 살에는, 다들 고향이 있는 것 같았다. 대학교 1학년 때, 방학 되면 기숙사에서 나가야 했는데, 친구들은 서로의 집에 관해 이야기하며 어디 놀러 가자, 누구 집 가면 재워주냐 했다. 친구들이 고향을 물어보면 나는 연극적인 몸짓을 곁들여 "내 집은 어디에도 없고, 이 하늘 아래 땅 위의 모든 곳이 내 집이지." 그랬다. 대부분 술에 취해 있었기 때문에 쉽게 납득되었다.

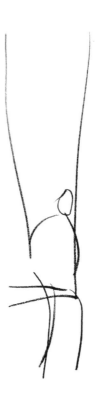

317

스물한 살에는, 자꾸 갈 곳이 없다는 생각이 들었다.

319

스물두 살에는, 친구가 부산 여행을 가자고 해서 따라갔다.
그랬다가 정신이 나가 버렸다.

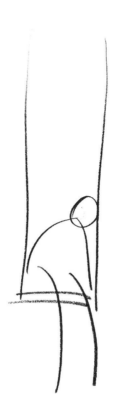

321

이 좁은 땅에, 이 작은 나라에서, 갈 수 없는 도시가 생긴다는 건 큰 손해였다. 이상했다. 왜지? 가기 싫으면 안 가도 되는 거지만, 앞으로 나는 평생 그 장소들을 갈 수 없는 사람으로 살아가게 될 것인가?

대학교 심리학 수업에서 언젠가 들었던 단어가 기억났다. 노출 치료. 예를 들어 전쟁 후 트라우마를 겪는 군인이나 거미 공포증이 있는 사람에게, 안전한 환경에서, 폭발 장면을 짧게 보여준다거나 거미 그림을 보여주는 식의 노출을, 조금씩 오랜 기간에 걸쳐 반복함으로써 치료하는 것. 정신병리학 교수님은 학부생들에게 제발 자가 치료 좀 하지 말라고 당부하셨지만, 본인께서 수면장애를 앓았을 때 자가 치료에 성공한 무용담을 신나게 들려 주기도 하셨다. (그리고 "한 달 동안만 스스로 치료 해 보고, 만약 한 달이 지나도 안 나아지면 저도 도움을 받으려고 했어요."라는 말을 경쾌하게 덧붙이셨다.)

나는 치료를 아주 급하게 할 마음은 없었지만, 앞으로 내가 안전하다고 느끼는 조건에서 두려움에 직면하는 걸 반복하다 보면 점점 더 나아질 것이라는 희망을 품게 되었다. 부산이나 김해에 가야 할 일이 있을 때는 내가 꼭 가야 하는지, 어떤 손해와 이익이 있을 것인지, 불쾌한 요소에 최소한으로 노출될 방법, 이후 회복에 어떤 자원이 얼마나 필요할 것이며 그럴 여유가 있는지, 안전하지 않다고 느껴지면 즉시 벗어날 계획 등을 오래 생각했다. 그리고 곁에 있을 때 안전하다고 느껴지는 친구를 꼭 데려갔다. 때로는 그 친구의 왕복 교통비와 숙박비, 식비를 모두 내면서라도 말이다. 오며 가며 어땠는지를 글로 썼고, 사람들과 이야기 나누었다.

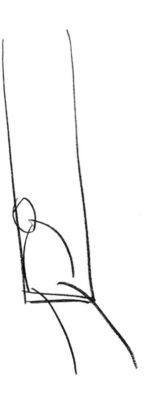

지금 나는 어릴 때 살던 동네에 와서 그네를 탈 수 있다. 그 것이 두렵지 않다. 새 소리가 들리고 나무가 많다. 평화롭다. 누구를 마주치더라도 나는 두렵지 않다.

스물 넷, 세 편의 일기

6월 19일

최악을 상상하는 건 도움이 된다. "할머니는 나를 얼마나 자주, 아니면 얼마나 가끔 보고 싶어요?" 「자주 보고 싶지! 마음 같아선 딱 끼고 같이 살고 싶다!」 "알아. 하지만 그럴 수 없잖아요." 「... 한 달에 한 번은 보고 싶구나.」 "할머니가 울지만 않으면 가능해요. 한 달에 한 번? 볼 수 있지. 난 할머니가 울면 며칠은 아파요. 만나기 전에도 할머니가 울 걸 생각하면 아프고 만나서 우는 걸 보고 나서도 며칠이 더 아파요. 몸이 아파. 할머니 자식들 손주들 많고 다 건강하고 할머니 행복하잖아요. 나도 행복해. 우리는 만나서 울 이유가 전혀 없어. 행복한걸. 울지 말자고." 촉촉했던 할머니 눈가를 순식간에 말리는 데 성공했다. 늘 그렇듯 할머니는 내가 살이 빠졌다고 말랐다고 말했다. "할머니 눈엔 맨날 그렇지 뭐." 사촌 언니 둘이 그렇지 않다고, 건강해 보인다고, 전보다 좋아졌다고 말해주었다. 할머니가 그제야 「그런가, 그런가 보다.」

327

했다. 할머니는 건강해 보였다. 새까맣게 염색한 얇은 반곱
슬머리를 파마 없이 단발로 잘라 빗으로 빗어 넘기고 연분홍
색 얇은 긴 옷을 입고 힘 있게 걸었다. 「집에 도착하면 전화
해 알려다오. 너만 시키는 게 아니라, 나를 만난 사람들은 내
가 걱정하니까 다 그렇게 한다.」"응. 다음 달에 보자. 금방
또 만나." 다혜 언니네 집에 하루 자기로 해서 진해에 왔다.
오랜만에 한 전화는 길지 않았고 드디어 아무도 울지 않았
다. 어린 조카가 시작해서 다함께 푸른 하늘 은하수를 불렀
다.

7월 23일

단 한 번도 상처 받아본 적 없는 사람인 척 굴고 싶어질 때가 있다. 흉터나 아직 새살이 다 돋지 않은 여린 피부나 삐었던 발목 같은 건 한 개도 없는 척. 감사하게도 긍정적이고 건강하고 단단하고 곱게 사랑스럽게만 자라버렸지 뭐야! 흔들리지 않는 척. 내 아픔을 동정하지 말라고, 편견 어린 납작한 시선으로 바라보지 말라고 소리 지르고 싶다. 한편 너무나 당신이 나를 아무 말 없이 안아주기를 바란다. 그럴 수 있지. 세상일 같은 건 전부 다 알아버려서 시시하게 느껴버리고 싶다. (나는 자립해야만 한다.)

8월 14일

고민에 대해 너와 이야기하는 건 조금 미안하고 많이 도움이 된다. 너는 할머니가 바라는 건 그저 전화 한 통일 것이고, 내가 "할머니의 슬픔의 원인이 나인 것 같아."라고 말했을 때 너는, "그건 아닐 거야. 할머니는 네가 전화하면 너와 만나면 기쁠 거야."라고 말해 주었다.

할머니에게 전화했고 할머니는 맨날 나랑 전화하거나 만나면 슬퍼해서 나 때문인 것 같다고 말했더니 할머니가, "아니다, 언지는 착하지. 할매는 87, 90이 다 되어가고 작은할머니도 죽고 다 죽고 나만 오랫동안 살아남아 늘 슬프고 몸은 아프고... 늙는다는 건 그런 거지. 나이가 많으니 아픈 건 당연하단다."

"나는 그런 삶은 상상도 안 간다. 모두가 죽고 혼자 오래 살아남아 아픈 90살의 삶이라니. 내가 알 수 있으면 좋겠다. 그러면 '그래, 슬프고 아프지' 그렇게 말할 수 있을 텐데. 나는 너무 어려서 할머니의 삶은, 상상도 할 수가 없는 것 같아."

330

할머니는 자꾸 나보고 착하다고 말했다. 착해. 언지 착해. 나는 착하지 않고 조금 슬플 뻔했지만, 할머니의 에너지 그 자체는 나의 중심에 아무도 건드릴 수 없는 영역의 어떤 힘이 되기도 한다. 할머니가 나를 미워한다거나 내가 할머니의 슬픔이라고 믿는 것보다, 그리고 할머니가 내가 할머니를 미워한다고 오해하고 있는 것보다, 대화하는 게 더 나았다.

나는 연락이나 관계를 어려워하고 두려워하고. 소중하고 감사하고 사랑한다는 따위의 내 말은 빤하고 가볍게 느껴진다.

기록에 관하여

어느 시점에는 내가 누구인지를 모두 잊은 적이 있다. 내가 어떤 사람이었고, 몇 년 전에 어떤 삶을 살았고, 무엇을 했었는지 같은 것들 말이다. 그렇게 살다가 어느 날, 아는 언니가 10년 넘게 써 온 일기를 노트북에 모아 둔 걸 봤다. 그날 집으로 돌아와 캐리어를 꺼내 열어 그 안에 있던 일기장들을 모두 꺼냈다. 몇 년 치 일기를 며칠 내내 밤낮으로 읽고 정리했다. 그러자 기억이 다시 돌아왔다.

내가 누구인지 전혀 알 수 없었는데. 아무도 내 공포를 이해하지 못했다. 내가 무슨 일을 겪었는지 기억하려는 사람이 나밖에 없었다. 누구한테 말하면서 이것 좀 같이 기억해 달라고 말할 수도 없었다. 내가 또 기억을 잃으면, 만약 일기도 잃어버리면, 그때는 진짜로 내가 누구인지가 영원히 죽을 수도 있는 건데.

재판에서도 증거는 내 말밖에 없었다. 내 기억, 기록, 언어.

매일 죽음에 대한 공포, 삶을 잃어버리는 절박한 공포로 일기를 매일 쓰기 시작했다.

뭐든지 날짜와 시간을 붙여서 기록하고, 증거를 모으고, 설명하려는 습관(혹은 강박)이 생겼다.

하루에 오늘 일기도 쓰고 어제 일기도 쓰고 몇 년 전 일기도 썼다. 행복한 날은 가끔 일기를 안 써도 되었다.

생

방황이라면 방황을 했고, 의미를 부여해 내는 데 성공한다면 경험이 될 만한 것들을 했다. 이것저것 망칠 때까지 술을 마셨고, 질릴 때까지 연애했고, 나중에 결국 의미가 있게 되지만 뜬금없던 것들을 배웠고, 다양한 사람들을 많이 만났고, 그중 정말 소중한 몇 명과는 가족을 만들기도 했다. 넓은 세상을 봤고, 더 넓은 세상도, 더 더 넓은 세상도 봤다. 집을 만들었다. 집이 없을 때는 삶이 내내 여행이기 때문에 역설적으로 여행을 할 수가 없다. 집을 여럿 만들고 나니까 여행을 갈 수 있게 되었다. 나는 몸이 아파질 때까지 여행했고, 내가 만든 집으로 돌아와서 회복했다. 집이 없어지기도 했고 집을 새로 또 만들기도 했다. 사람에게 의존하고 독립하는 것도 여러 번 했다. 큰돈을 벌지는 못했지만 다양한 일을 했다. 점점 성장했고, 많은 걸 해 볼수록 내가 어떤 사람이고 뭘 하고 싶은지를 더 알게 되었다. 외향적인 친구를 만나서 사람과 친해지는 법을 다시 배웠고, 느린 친구를 만나서 오래 하는 법을 배웠다. 잘 맞는 선생님을 만나 심리 상담을 받고 있고, 믿을 수 있는 사람을 사랑하게 되어서 신뢰와 계획을 배우고 있다. 이제 몇 년짜리 대학교가 어릴 때만큼 두렵지 않다. 이 원고를 마치면 나는 또다시 그곳으로 돌아가 볼 것이다. 깊은 공부를 하고 더 나은 사람이 되고 싶다. 더 나은 삶을 살고 싶다.

나는 이제 혼자가 아니다.

336

세계

8

오랜만에 낮에 길게 깨어 있으려니 이상해. 덥고 뜨겁고 머리가 아파. 감기 걸렸나? 사람들이 다 활발하게 깨어 있고 빛이 너무 밝고 들리는 소리가 많다고 하면 내가 너무 예민한 걸까?

그리움과 손 글씨는 어떻게 그렇게 강력한 힘을 갖는 걸까. 낮에 무슨 얘기를 하다가 듣다가 기억이 떠올라 버렸어. 몇 년 전에 아버지가 전해 준 할머니의 편지. 돈이랑 딱 세 문장. 붓글씨 같은 글씨를 수첩에 볼펜으로 일곱 줄에 나눠서 쓰셨는데. 내 옛날 이름을 불렀어. 아기 때 이름.

정말로 우리
언지 사랑한다
몸조심하고
건강하고
만나자
할머니
보고싶다

갑자기 그게 생각나서 펑펑 울었어. 아마 난 이걸로 평생 울게 되겠지.

나는 똑같은 말을 하려고 책 한 권을 쓰는데, 할머니는 세 문장으로 나를 울려. (내가 앞으로 뭘 쓰든 간에 그걸, 할머니를 넘어설 수 있을까.) 인간은 왜 그리워하고 이해받고 싶어하고 괴로워하고 슬퍼하고 분노하는 걸까? 이게 다 어디로 가는 걸까.

잘난 늙은이. 이야기꾼인 것도 사랑을 하는 것도 슬퍼하는 것도 예민한 것도 웃긴 것도 사람을 돌보고 모으는 것도 다 거기서 왔어.

너에게는 좋은 것만 주고 싶어.

9

모든 것은 맥락적이지만, 예방할 수 있었을까? 아이들을 어떻게 키운다면? 나는 어떻게 했더라면 더 좋았을까? 그런 게 있나? 내가 했던 건 최선이지 않았을까? 이웃이나 공동체의 학대를 알아차리는 방법이나 개입할, 도움을 줄 수 있는 방법이 있나? 어릴 때 나를 만나면 해 주고 싶은 말이 있나? 아니면 과거의 나와 같은 상황에 놓여 있는 어린이를 지금 목격한다면 그 아이에게 내가 해줄 수 있는 것은? 아무도 없을 때 혼자 살아남는 법 같은 게 있을까? 미국 드라마 〈그레이스 앤 프랭키〉에서 나온 노인들의 자기방어 수업에서는 몸에 똥칠을 하라던데. 그런 글도 읽은 적이 있다. 피해자가 저항하지 않았을 때보다 했을 때 그 이후에 덜 우울해했다고. 근데 또 어디서는 무장 강도나 물리적 폭력의 가능성이 있을 때, 자칫하면 크게 다칠 수도 있으니까, 가해자를 흥분시키지 말고 그 순간에 저항 하지 말라고 가르치기도 하잖아. 어떻게 해야 할까. 어떻게 하라고 할 수 있을까.

'내가 어쩌면 더 좋았을지' 같은 건 영원히 알 수 없다.

상담사 선생님께서는 어릴 때의 나를 목격한다면, 손을 잡고
어디로든 도망치고 싶었을 거라고 말씀하셨다.

피해당하지 않는 법 같은 건 없다. 가해하지 못하게 해야 한
다.

0

나만 괜찮아지면 끝이라고 생각했다. 어쩌면 내 기억 속에서 나를 아프게 하는 기억을 생선 가시처럼 발라내어 없애 버리면 다 괜찮아질 수도 있겠다고 생각했다. 그런데 그게 아니었다.

많이 힘들지.

살다가 갑자기 울컥 올라오고 화나고 슬프지.

악몽도 꿔? (응.)

악몽 속에서 지금 되게 그 사람이 크고 무섭게 나오지, (응.)

시간이 지나면 점점 작아 질 거야. 처음에는 그런데, 나중에는 꿈속에서 네가 점점 화내기도 하고 싸우기도 하고 이기기도 할 거야. 왜냐면 그 사람은 크고 무서운 사람이 아니라, 사실 정말로 작고 초라하고 형편없는 사람이거든. (맞아.)

회복할 수 있을 거야. 나는 10년 다치고 4년 정도 걸려서 여기까지 왔으니까, 너는 나보다 훨씬 더 빨리 회복할 수 있을 거야.

사람을 믿는 것도 다시 할 수 있게 될 거야.

이게 이상하고 웃긴 게, 계속 자기 의심을 하게 된다? 우리가 잘못한 게 아닌데 말이야. 가해자가 잘못한 건데, 근데 정작 가해자는 자기 의심을 하나도 안 해.

이렇게 해라, 저렇게 해라하는 것처럼 느껴지게 해서 미안해. 사실 이게 정말 싫게 느껴지는 요소 중 하나가, 내가 내 인생의 키(타륜)를 잃어버리는 느낌이 드는 거잖아. 그걸 되찾아야 해. 너의 삶의 키를, 네가 잡아야 해. 네가 어떻게 하고 싶은지 알게 되면 나에게 꼭 말해 줘.

어릴 때는 싫은 기억을 다 도려내서 삭제해 버리고 싶었는
데, 내가 그러든 말든 이 세상에는 성폭력이 계속해서 일어
나. 그리고 나는 세상을, 사람들을 앞으로도 사랑하며 살아
가겠지. 내가 사랑하는 사람이 성폭력 피해를 당했을 때, 내
가 그걸 먼저 겪었기에 그 사람을 도와 줄 수 있다면, 나는
이제 더 이상 이걸 잊고 싶지 않아.

옅어지는

이게 악몽인지 아닌지 잠시 생각한다. 내가 있는 힘껏 그곳을 벗어나고, 온 힘을 다해 공격하고, 사람들에게 있는 대로 목청껏 외쳐 알리고 도와달라고 한다. 잠에서 깼을 때 몸이 조금 뻐근하고 피곤하지만, 옛날처럼 오랫동안 무기력해지거나 소리 지르며 깨거나 펑펑 울지는 않아도 된다. 밖에 나가고 맛있는 걸 먹어야겠다.

물론 유쾌하지는 않아. 역겹고 기분이 나쁘다.

지겹다. 지긋지긋하다. 뭘 좀 즐거워하면 좋을까. 나를 해치지 않으면서 웃게 하는 것과 감사한 것들을 의식적으로 떠올렸다. 일기장에 적었다.

몇 년 전, 정신과 의사 선생님께서 하신 말. "그 상처들은 사라지지 않아요."

가까운 사람들이 걱정하며 물어봐 준 말. "지금은 괜찮아?"

내가 괜찮지 않을 때도 있었다. 많았다. 안 괜찮은데도 "괜찮아"라는 말을 입에 달고 살았다.

뭐가 괜찮고 뭐가 안 괜찮을까. 뭐가 괜찮다고 생각했다가, 왜 그게 안 괜찮아야 하는 걸까.

"말과 행동은 가치관에 영향을 받고, 그 가치관은 나의 말과 행동으로 형성되기도 한다." 사랑하는 사람의 말.

"나"는 지금 괜찮다.

그리고 "그 일(들)"은 괜찮지 않다. 영원히, 절대 괜찮아지지 않을 것이다.

피해자를 비난하고 가해자를 두둔하는 사람들이 있다. 스톡홀름 증후군에 걸린 사람들, 그리고 숨어있는 가해자들.

"네가 잘못한 게 아니야."로는 충분하지 않다. 나도 알아. 당연히 내 잘못이 아니지. 근데 그러면 누가 잘못한 건데? 우리는 "그 XXXXXX... 가 잘못한 거야. 그리고 이 X 같은 문화와 사회, 법도 잘못됐어."로 나아가야 한다.

여성혐오 반대 시위에 나갔다. 나와 비슷한 사람들이 모여 활활 타오르고 있었다. 그들의 소리 지르는 목은 피에 젖어 있었다. 나도 그랬다.

나가며

유서 같은 글을 썼다. 오래도록 죽고 싶었다.

죽고 싶은 마음은, 나를 둘러싼 주위 환경에 너무 오랫동안 너무 크게 좌절한 탓에, 다 버리고 싶은 마음이다.

나는 오래도록 이 유서 같은 글을 쓰고 싶었다.

죽고 싶다는 말과 유서를 쓰고 싶다는 말은 아주 가까이에 있다. 나에게 그 둘은 거의 동의어다. 죽고 싶다는 말과 다 버리고 싶다는 말과 떠나고 싶다는 말도 셋 다 동의어다. 나를 죽일 것인지 환경을 모두 버릴 것인지를 놓고 봤을 때,

나는 가족을 중시하도록 가르침 받았다. 내가 살 이유는 사랑하는 가족 때문이라고 배웠고, 누구에게도 말하지 않는 소원을 빌 때도 가족을 위한 소원을 빌어야 한다고 배웠다.

살아라.

모든 걸 버리는 한이 있어도 살아남아라.

모든 걸 버리고 아무것도 없는 외톨이, 거지가 된다고 해도
살아남아라.

모두를 죽이는 한이 있어도 살아남아라.

작가의 말

어릴 때 살던 할머니 집 책장에는 그림책 전집, 시리즈 과학책, 어린이를 위한 다양한 이야기책과 만화책이 있었다. 할머니는 주로 티브이를 봤고 아버지는 영화를 봤기에 어른을 위한 책은 거의 없었는데, 그중 엘리자베스 퀴블러 로스의 [인생 수업]이 기억에 남는다. 나는 책장에 있는 어린이책을 다 읽고 처음부터 끝까지 다시 다 읽고 심심해지면 그 책을 꺼내 읽었다. 키 크고 알록달록 선명한 책들 사이에 작고 창백하고 도톰했다.

"생의 마지막 순간에 간절히 원하게 될 것, 그것을 지금 하라." (Ross & Kessler, 2006)

뒤표지 맨 위에 큰 글씨로 적혀 있던 말이다. 책은 사랑하고, 행복하고, 자신의 삶을 배우며 살라는 내용이었다. 나는 그때 가족을 사랑했다. 그래서 그걸 지켰다.

이제 나를, 여성을 지켜야겠다.

통계와 정의

여성가족부가 공표한 '2022년 여성폭력통계'에 따르면, 우리나라 여성 10명 중 4명 (38.6%)은 평생 1회 이상 성폭력을 경험한다. 피해자의 73.2%가 여성이며, 26.8%가 남성이다. 성폭력 가해자의 94.7%는 남성이다. (여성가족부, 2022)

성폭력은 다른 강력범죄(흉악)들과 다르게 2002년부터 2012년을 거쳐 2022년까지 대부분 증가할 뿐만 아니라 그 숫자도 몹시 크다. 대검찰청 통계자료에 따르면, 2002년부터 2022년까지 성폭력 사건 발생은 약 340% 증가했으며, 같은 기간에 살인은 약 25% 감소했고, 강도는 91% 감소, 방화는 12% 감소했다.

2002년에 983건의 살인, 5953건의 강도, 1388건의 방화, 9435건의 강간이 발생했다. 2012년에는 1029건의 살인, 2643건의 강도, 1897건의 방화, 21346건의 성폭력이 발생했다. 2022년에는 738건의 살인, 532건의 강도, 1224건의 방화, 그리고 41433건의 성폭력이 발생했다. (이 중 13세 미만 아동을 대상으로 한 성폭력은 1344건이고, 13~20세 청소년을 대상으로 한 성폭력은 8667건이다.) (대검찰청, n.d.)

미국인 여성 4명 중 1명과 남성 13명 중 1명이 아동기 성폭력을 경험한다. 가해자의 91%는 그 아동이, 또는 그 아동의 가족이 아는 사람이다. 2015년 연구에 따르면 미국에서 아동 성폭력의 총 생애 경제적 부담은 93억 달러, 한화로 약 12조 원에 달하는 것으로 나타났다. 아동 성폭력은 덜 보고되는 경향이 있으므로, 이 수치는 실제보다 낮게 책정되었을 것이다. (Prevent Child Abuse America, n.d.)

성폭력은 아는 사람에 의한 피해가 89.1%며, 이는 매년 크게 다르지 않은 양상이다. 13세 이하 아동을 대상으로 한 성폭력 가해자의 약 68~87%가 그 아동의 친인척, 즉 가족이다. (한국성폭력상담소, 2021)

성폭력이란

"물리적 혹은 사회적 폭력 및 위협을 통해 육체적, 심리적 혹은 경제적 압력을 하고 성적 결정권을 침해하는 행위 ⋯ 또한 구체적인 위협이나 폭력은 없지만, 성 결정능력이 없거나 의사표현 능력이 없는 상대방을 이용하여 행하는 성적 행위 ⋯ 여성학적 입장에서는 성폭력을 '당사자의 의사와 관계없이 그리고 피해자의 저항 형태나 정도에 관계없이 상대방의 의사에 반한 강제적인 성관계 행위'라고 표현하기도 한다." (이수정, 2018, p. 246)

"개인의 신체적, 정신적, 성적, 경제적 통합성(integrity)을 침해하는 젠더기반폭력으로, 강간, 추행, 성적 괴롭힘, 비동의 촬영·유포 등 상대의 동의 없이 행하는 성적 행위" (한국성폭력상담소, n.d.)

참고문헌

2019년 한국성폭력상담소 상담통계현황. (2020년 3월 4일). 한국성폭력상담소. https://www.sisters.or.kr/consult/stat/5453

2022년 여성폭력통계 공표. (2022년 12월 29일). *여성가족부*. http://www.mogef.go.kr/mp/pcd/mp_pcd_s001d.do?mid=plc504&bbtSn=704377

[카드뉴스] 2020년 한국성폭력상담소 상담통계 - 기초통계 편. (2021년 3월 19일). 한국성폭력상담소. https://www.sisters.or.kr/consult/stat/5843

범죄분석. (n.d). *대검찰청*. https://www.spo.go.kr/site/spo/crimeAnalysis.do#n

성폭력의 개념. (n.d). 한국성폭력상담소. https://www.sisters.or.kr/consult/tab1

이수정 & 김경옥. (2016). *사이코패스는 일상의 그늘에 숨어 지낸다*. 중앙m&b.

이수정. (2018). *최신 범죄심리학*(4판). 학지사.

Bass, E. & Davis, L. (2012). *아주 특별한 용기: 성폭력 생존자들을 위한 영혼의 치유*(개정판). (한국성폭력상담소, 기획). (이경미, 역). 동녘. (원본 출판 1994년)

Child Sexual Abuse Prevention. (n.d). *Prevent Child Abuse America.* https://preventchildabuse.org/what-we-do/child-sexual-abuse-prevention/

Martin, R. (2021). *분노의 이유.* (이재경, 역). 반니. (원본 출판 2021년)

Ross, E. K. & Kessler, D. (2006). 인생 수업 (류시화, 역). 이레. (원본 출판 2000년)

Sue, D. W. & Spanierman, L. B. (2022). *미세공격: 삶을 무너뜨리는 일상의 편견과 차별* (김보영, 역). 다봄교육. (원본 2판 출판 2020년)

Why It Takes Women 7 Attempts To Leave An Abusive Relationship - And How You Can Help. (n.d.) *Virginia Physicians for Women.* https://vpfw.com/blog/why-it-takes-women-7-attempts-to-leave-an-abusive-relationship/

나를 죽이지 않을 것이다
친족 성폭력 살아남기, 기억 복원의 기록

저자   언지
삽화가   언지, 해작
표지 디자인   HY
초판 1쇄 발행일   2024년 1월 2일
발행처   해작
발행인   해작
E-mail   haejakkim@gmail.com
Instagram   haejak_publ
표지   썬샤인 270g 무광 코팅
내지   친환경모조지 미색 80g
가격   28000원

ISBN   979-11-979219-1-9 (03810)